真係笑話

蔡瀾選集・拾

書　　名　蔡瀾選集・拾——真係笑話

作　　者　蔡　瀾

出　　版　天地圖書有限公司
香港皇后大道東109-115號
智群商業中心13字樓（總寫字樓）
電話：2528 3671　傳真：2865 2609
香港灣仔莊士敦道30號地庫／1樓（門市部）
電話：2865 0708　傳真：2861 1541

印　　刷　亨泰印刷有限公司
柴灣利眾街德景工業大廈10字樓
電話：2896 3687　傳真：2558 1902

發　　行　香港聯合書刊物流有限公司
香港新界大埔汀麗路36號中華商務印刷大廈3字樓
電話：2150 2100　傳真：2407 3062

出版日期　2019年10月初版・香港

ISBN 978-988-8547-29-6

出版說明

蔡瀾先生與「天地」合作多年，從一九八五年出版第一本書《蔡瀾的緣》開始，至今已出版了一百五十多本著作，時間跨度三十多年，可以說蔡生的主要著作都在「天地」。

蔡瀾先生是華人世界少有的「生活大家」，這與他獨特的經歷有關。他祖籍廣東潮陽，新加坡出生，父母均從事文化工作，家庭教育寬鬆，自小我行我素，放蕩不羈。中學時期，逃過學、退過學。由於父親管理電影院，很早與電影結緣，求學時便在報上寫影評，賺取稿費，以供玩樂。也因為這樣，雖然數學不好，卻苦學中英文，從小打下寫作基礎。

上世紀六十年代，遊學日本，攻讀電影，求學期間，已幫「邵氏電影公司」工作。學成後，移居香港，先後任職「邵氏」、「嘉禾」兩大電影公司，監製過多部電影，與眾多港台明星合作，到過世界各地拍片。由於雅好藝術，還在工餘尋訪名師，學習書法、篆刻。

八十年代，開始在香港報刊撰寫專欄，並結集出版成書。豐富的閱歷，天生的愛好，為熱愛生活的蔡瀾遊走於東西文化時，找到自己獨特的視角。他筆下的遊記、美食、人生哲學，以及與文化界師友、影視界明星交往的趣事，都栩栩如生地呈現在讀者面前，成為華人世界不可多得的消閒式精神食糧。世上有錢人多的是，但不一定有蔡生的機緣，可以跑遍世界那麼多地方；世上有閒人多的是，也許去的地方比蔡生多，但不一定有他的見識與體悟。很多人說，看蔡生文章，如與智者相遇、如品陳年老酒，令人回味無窮！

蔡瀾先生的文章，一般先在報刊發表，到有一定數量，才結集成書，因此「天地」出版的蔡生著作，大多不分主題。為方便讀者選閱，我們將近二十年出版的蔡生著作重新編輯設計，分成若干主題，採用精裝形式印行，相信喜歡蔡生作品的朋友，一定樂於收藏。

天地圖書編輯部

二〇一九年

與蔡瀾同行

*金庸

除了我妻子林樂怡之外，蔡瀾兄是我一生中結伴同遊、行過最長旅途的人。他和我一起去過日本許多次，每一次都去不同的地方，去不同的旅舍食肆；我們結伴共遊歐洲，從整個意大利北部直到巴黎，同遊澳洲、星、馬、泰國之餘，再去北美，從溫哥華到三藩市，再到拉斯維加斯，然後又去日本。我們共同經歷了漫長的旅途，因為我們互相享受作伴的樂趣，一起享受旅途中所遭遇的喜樂或不快。

蔡瀾是一個真正瀟灑的人。率真瀟灑而能以輕鬆活潑的心態對待人生，尤其是對人生中的失落或不愉快遭遇處之泰然，若無其事，不但外表如此，而且是真正的不縈於懷，一笑置之。「置之」不大容易，要加上「一笑」，那是更加不容易了。他不抱怨食物不可口，不抱怨汽車太顛簸，不抱怨女導遊太不美貌。他教我怎樣喝最低劣辛辣的意大利土酒。怎樣在新加坡大排檔中吮吸牛骨髓，我會皺起眉頭，他始終開懷大笑，所以他肯定比我瀟灑得多。

我小時候讀「世說新語」，對於其中所記魏晉名流的瀟灑言行不由得暗暗佩服，後來才感到他們矯揉造作。幾年前用功細讀魏晉正史，方知何曾、王衍、王戎、潘岳等等這大批風流名士、烏衣子弟，其實猥瑣齷齪得很，政治生涯和實際生活之卑鄙下流，與他們的漂亮談吐適成對照。我現在年紀大了，世事經歷多了，各種各樣的人物也見得多了，真的瀟灑，還是硬扮漂亮一見即知。我喜歡和蔡瀾交友交往，不僅僅是由於他學識淵博、多才多藝，對我友誼深厚，更由於他一貫的瀟灑自若。好像令狐沖、段譽、郭靖、喬峰，四個都是好人，然而我更喜歡和令狐沖大哥、段公子做朋友。

蔡瀾見識廣博，懂的很多，人情通達而善於為人着想，琴棋書畫、酒色財氣、吃喝嫖賭、文學電影，甚麼都懂。他不彈古琴、不下圍棋、不作畫、不嫖、不賭，但人生中各種玩意兒都懂其門道，於電影、詩詞、書法、金石、飲食之道，更可說是第一流的通達。他女友不少，但皆接之以禮，不逾友道。男友更多，三教九流，不拘一格。他說黃色笑話更是絕頂卓越，聽來只覺其十分可笑而毫不猥褻，那也是很高明的藝術了。

過去，和他一起相對喝威士忌、抽香煙談天，是生活中一大樂趣。自從我試過心臟病發，香煙不能抽了，烈酒也不能飲了，然而每逢宴席，仍喜歡坐在他旁邊，一來習慣了，二來可以互相悄聲說些席上旁人不中聽的話，共引以為樂，三則可以聞到一些他所吸的香煙餘氣，稍過煙癮。蔡瀾交友雖廣，不識他的人畢竟還是很多，如果讀了我這篇短文心生仰慕，想享受一下聽他談話之樂，未必有機會坐在他身旁飲酒，那麼讀幾本他寫的隨筆，所得也相差無幾。

＊這是金庸先生多年前為蔡瀾著作所寫的序言，從行文中可見兩位文壇健筆相交相知之深，相信亦有助讀者加深對蔡瀾先生的認識，故收錄於此作為《蔡瀾選集》的序言。

目錄

一、男人篇

二、女人篇

三、男女篇

四、情色篇

五、好友篇

六、動物篇

七、醫學篇

八、趣事篇

一、男人篇

老

男人在甚麼時候才知道自己已經老了？當他花一個晚上想，也做不到他從前一個晚上都做的事。

一對老夫婦在聽收音機，播的是宗教節目。

牧師說：「上帝會醫好汝等的病，汝等只需站起來，把左手放在收音機上，右手放在病痛的地方，奇蹟就會出現！」

老太太聽了之後，非常高興說：「我的風濕腳，已痛了很久很久，既然會有奇蹟，不妨試一試。」

講完她把左手放在收音機，右手放在她長年患風濕的腳上。

老先生見了，也立即站起來依樣畫葫蘆，只是他把另一手放在兩腿的中間。

老太太看了大驚：「死老鬼，上帝說能夠醫病罷了，祂沒有說能夠起死回生。」

指。

老頭和十七歲的少女結婚，當天晚上，她上床的時候，老頭向她舉起五根手指。

少女驚喜：「甚麼，你可以來五次？」

老頭擺首：「不是，請妳選其中一根手指。」

理髮的故事

十年前，蕫笑話老頭去參加馬尼拉主辦的亞洲影展，正事辦完，閒着無聊，正感頭髮已經太長，便找了一家理髮店去剃頭。

理到一半，一個頭禿得像地中海型的西洋老頭走進來，坐在他旁邊的椅子上。

「先生，你想怎麼理呢？」剪髮師傅客氣地問。

「把後面的長髮剪了，」老頭幽默地回答：「然後貼在前面光禿的地方。」

另一個禿子的理髮故事發生在紐約，那個客一看就是個標準的猶太人。

「甚麼，」他大叫：「你要收我二十塊美金？」

理髮師沒好氣地點點頭。

「你應該收便宜一點，我頭上的頭髮也就那麼幾根。」猶太人說。

理髮師懶洋洋地：「理髮可以免費，但是花時間去替你找可要收錢。」

電腦狂丈夫的故事

阿忠玩電腦玩上了癮，買了一大堆配備和零件，整天埋頭在機器之中。他的太太想和他說話，但阿忠多數不瞅不睬，太太惱了，有一天，她忍不住地向阿忠說：

「我和一個男人上街。」

一點反應也沒有。

「他認為我還長得漂亮，」太太繼續說：「而且，他說我的身材很美。」

一點反應也沒有。

「我讓他把我的衣服脫光，又准許他同我做愛。」

一點反應也沒有。

「他說我是他試過的最好的女人。」

一點反應也沒有。

「他說，他有一個念頭，那就是把冰淇淋裝進我的寶貝，慢慢吃光。」

阿忠終於由他的電腦堆中把頭抬起來。

「不可能的，」阿忠說：「沒有一個男人可以吃那麼多的冰淇淋！」

秘訣

葷笑話老頭到紐西蘭的鄉下去做生意。天已晚了，他把車子駕到唯一的一家旅館。「我們已經是客滿了。」小酒店老闆說。

「但是，」葷笑話老頭抗議：「這個時候叫我去哪裏過夜呢？」

老闆同情地點頭：「好吧，我們這裏有個長客，他住的是雙人房，有兩張床，我們每次爆棚的時候，都請他幫忙讓出個地方給客人睡。」

「那太好了。」葷笑話老頭說：「就請你和他通融一下。」

「不過，」老闆叮嚀：「這個人的鼻鼾聲很大，許多人可以過一夜，但晚上卻睡不了覺，我好心沒好報，幫了人家忙第二天反而要被罵。」

「不要緊。我會搞掂的。」葷笑話老頭笑着回答。

翌日，老頭精神飽滿地走出來付賬。

酒店老闆奇怪：「你到底有甚麼秘訣可以睡得那麼好？」

「很簡單。」老頭懶洋洋地說：「我進了房，第一件事就把那人親了一下，他以為我喜歡，嚇得整晚都睡不着。」

漢學家兒子的故事

葷笑話老頭的荷蘭朋友艾力．范強生是個漢學家。

范強生有三個兒子，自幼被他們的老子強迫學中文，三人對中文一點興趣也沒有，只得半桶水，但也會作些打油詩。

一天，范強生向三個兒子說：「現在要考考你們的中文程度。你們各自以大、小、多、少，四個字做一對對，看誰最好。」

大兒子抓抓頭皮，不知道要說些甚麼才好，看到一把雨傘，他靈機一動，說：「雨傘打開大，收起來就小；下雨用得多，出日用的少。」

二兒子心想，完了，都給老大說完了，自己要講些甚麼才好，看到一把扇子，他靈機一動，說：「扇子打開大，收起來就小；熱時用得多，天涼用得少。」

三兒子心想，完了，完了，都給老大、老二說完了，自己要講甚麼才好。

忽然，看到自己的老婆走過，他靈機一動，說：「寶貝打開大，收起來就小；朋友用得多，自己用得少。」

這個、那個

仔仔由開襠褲裏拿出小寶貝小便。

囡囡跑過來要看。

仔仔不肯。

囡囡鬧着一定要看。

仔仔指着下面：「我有這個，你沒有。」

囡囡大哭，跑回家去。

第二天，仔仔又要小便，看到囡囡，反過來問她：「喂，喂，要不要看。」

「哼，」囡囡說：「我才不稀罕。」

「那麼昨天你為甚麼要看？」

「那是昨天的事，我回家之後，我媽媽告訴我，」囡囡指着下面：「我有一個這個，長大之後，就有很多你的那個。」

應付的代價

葷笑話老頭拿了一杯白酒，老遠地走了過來，拍拍我的肩膀：

「好久不見！」

我轉頭，驚喜：「你躲到哪裏去了？」

老頭照樣是那麼頑皮，笑嘻嘻地回敬我說：「告訴了你，我又得搬家。」

我們兩人大笑之後，我說：「不如告訴我幾個笑話吧！」

「行！」老頭一口答應，好像他渾身都是笑話的細胞。

以下是他的故事：我遇到一個很漂亮的女人，不但身材好，那兩片厚厚的朱唇，像要把我吞掉。

當然，我馬上請她吃飯。

但是，你知道，當侍者問她要甚麼菜時，她說：「魚子醬，拉菲域煲的酒，龍蝦……！」叫的都是最貴的東西。

我只好忍痛由她亂點。

哪知道，她叫來的貴東西只吃一口就放下，真是浪費。

「你在家裏也是經常這樣吃西嗎？」我惟有頂了她一句。

「不，」她說：「但是，在我家裏的人，沒有一個想和我睡覺。」

老傢伙的故事

遇到輩笑話老頭，叫他快點講幾個故事，他說故事沒有那麼多，真實的事倒有一件：我的舅父已經七十歲了，剛剛娶了一個十八歲的少女，當然啦，老傢伙有錢嘛。但是十八歲的女人也還肯嫁他，也真是少有。

「你已經是七十歲的人，怎麼把她弄上手的？」我問我舅父說。

我舅父懶洋洋地回答：「很簡單，我騙她說已經是九十歲了！死了之後，錢就歸她。」

那個少女嫁了我舅父之後，不出三個月，我舅父就翹了辮子。

在喪禮那天，我遇到了這個年輕的舅媽，她長得可真漂亮，身材雖然較瘦小，但是該高的地方高，那對車頭燈像西洋梨一般地挺着，全身充滿青春的氣息，弄得我情不自禁地暈浪。她哭得像一個淚人兒，我把她抱在懷裏，對她說：「我的舅父對你好嗎？他是怎麼死的？」

舅媽回答：「我們真是很快樂。你舅父是一個很慈祥的人，而且他雖然年紀那麼大，可是還很厲害，我們住在一間教堂的旁邊，到了禮拜天，他會伴着教堂鐘聲的節奏，一下一下地和我做愛，要不是剛好那輛他媽的救火車經過，他才不會死得那麼快呢。」

練功

在半島酒店喝完茶，上廁所的時候，有個人遇到他的偶像武俠明星何烈也在小便。

這個人忍不住地伸頭看，哇，可真長。

「何烈先生，我是你的影迷，真想不到你的戲演得好，生來也有那麼偉大的東西。」他說。

何烈笑笑：「也不是天生的，要靠苦練。」

「怎麼練法？」

「哪，你每次刷牙的時候，一定要把它拿出來對着洗臉盆大打五下，日子一久，你自然便會練得長到和我一樣。」何烈回答。

這個人高興極了，連聲道謝。

回到家裏，他迫不及待地衝進廁所，對着洗臉盆，拉出寶貝大打五下。

忽然，他聽到在床上的老婆說：「何烈，你來了又不先通知我一聲！」

打麻將的故事

蕫笑話老頭到朋友占美家去打麻將。

占美的太太當晚要開夜工，叫占美在打麻將之餘照顧他們十一歲的兒子小明。

小明是一個很頑皮的孩子，他不斷地走進麻將房，吵得天翻地覆。

「這個伯伯在做萬子，」小明在客人後面看了一眼說：「另外這個伯伯想做十三么。」

占美感到非常尷尬，把小明送上樓上的房間之後，回到麻將房。

但是，小明又抱了一大堆餅乾下來吃，大力用牙齒咬，打麻將的人都給弄得心煩。「小明，你快給我滾出去，」占美大怒：「要是再踏進這房間一步，我就要你老命！」

過不到幾分鐘，由客廳飛進一輛電動玩具車子，小明自己不進來，但還是有辦法大鬧。占美氣得爆炸，要衝出去教訓小明，蕫笑話老頭說：「對小孩子不能動粗，我來搞掂他。」董笑話老頭走開一會兒就回來，果然，小明再也不來吵了。

「你真厲害，」占美說：「對小孩也有一手。」

「哪裏，哪裏。」董笑話老頭懶洋洋地說：「我不過教會了他打打飛機罷了。」

保險套的故事

愛滋病恐慌，在大陸也流行保險套了。

有一個人走進藥房，向店員說：「我要買一個保險套。」

店員說：「我們不一個個賣的。」

客人說：「那麼怎麼賣？」

店員說：「要買就一包一包買。」

客人說：「一包有多少個？」

店員說：「有的一包六個，有的一包九個，還有一包十二個的。」

客人說：「是嗎？哪一種人買六個的？」

店員說：「多數是知識分子，他們星期一用，星期二用，星期三用，星期四用，星期五用，星期六用，但是星期天不用，星期天他們休息。」

客人說：「哪一種人用九個的？」

店員說：「多數是農民用，星期一用，星期二用，星期三用，星期四用，星期五用，星期六用兩個，星期天用兩個。」

客人說：「哪一種人用十二個的？」

店員說：「年老的幹部用。」

客人說：「是嗎？他們那麼厲害？他們怎麼用？」

店員說：「一月用，二月用，三月用，四月用……」

拍賣會的故事

葷笑話老頭的太太整天喋喋不休，他頂他太太不順，但懶得理她。

他們兩人已經很久沒有房事，一個晚上，他太太想要來一下，就鬼頭鬼腦地討好他，葷笑話老頭知道這是怎麼一回事，只有不經心地回答她。

他太太說：「我昨天晚上做了一個夢。」

「甚麼夢？」葷笑話老頭說。

「我夢見我去了一個拍賣會。」

「拍賣些甚麼？古董？」

「不。」他太太說：「是在拍賣男人的那根東西。有短的、有長的。」

葷笑話老頭聽完說：「那麼，你有沒有看到我那一根呢？」

「看不到。」他太太說：「你那一根太大的了，他們搬不進來，哪看得到？」

葷笑話老頭說：「奇怪，我昨天晚上也發了一個夢，也是夢見一個拍賣會，拍賣女人的那個東西，有狹的、有寬的。」

「那麼，你有沒有看到我那一個呢？」他太太問。

「看到。」一葷笑話老頭懶洋洋地：「整個拍賣會都在裏面舉行，哪看不到？」

爺爺的故事

很久沒有見葷笑話老頭，那天在朋友的婚禮上碰到了他，即刻一把將他抓住。

「喂，積克，快講點笑話來聽聽！」我要求。

「唉，我給我那年輕的老婆搞得煩死了，哪裏還有心情講笑話？」老頭垂頭喪氣地回答。

「誰叫你臨老入花叢，娶了個二十歲的。」我不肯放過向他報復的機會。酸葡萄這件事，到底是有的。

「我並不厲害，我有一個爺爺更厲害！」老頭說。

以下是葷笑話老頭的爺爺的故事：

有一天，有人看到一個九十歲的老翁坐在花園的長櫈上抱頭痛哭，見他可憐上前慰問說是不是無家可歸。

「不、不。」爺爺回答：「我才剛娶了一個十八歲的老婆，身材好得不得了，花花公子的中間插頁女郎，沒有一個比得上她！」

「那你還等些甚麼？你應該馬上趕回家才對呀！」

葷笑話老頭的爺爺望着那人，仰天長嘯：「我哭的是，我忘記自己住在甚麼地方！」

笑話罵人

讀簡而清兄寫罵掉書包人故事，想起葷笑話老頭告訴我的數則：

一、罵無禮庸俗的有錢仔。

有一對貧窮的夫婦，說甚麼也賺不到幾個錢。老婆略有點姿色，去當化妝品推銷員，給有錢仔看中了。

老婆回來和丈夫商量，丈夫當然不肯戴綠帽，但老婆說：「如果和那傢伙生有一子，那你我這一輩子不用愁了。」

丈夫一聽也是，就無奈地點點頭。老婆當晚就和有錢仔那麼一好，很快地把肚子弄大。兩公婆歡喜不已。

男的已經很久沒有來，一天忽然覺得很需要。但是老婆說：「不行，不行。辛辛苦苦地忍到現在，萬一動了胎氣，不是前功盡廢？」

慾火上頭，丈夫說甚麼也不聽，老婆只好叫他小心一點。丈夫對着老婆那個聚寶盆，打了個招呼：「有錢仔，請你走開一邊，我要操你老母來了！」

二、罵孤寒討厭的人。

有一家人特別孤寒，吃飯時一點菜也沒有，只從天花板上掛下一塊鹹魚，看一眼送一口白飯。老媽子忍不住看了兩眼，兒子罵道：「他媽的，妳不怕鹹死？」

上帝在天堂上看到這件事，也忍不住心頭說：「你這個孤寒的王八蛋要操你老母的老母？」

三、罵一定要認作你前輩的人。

有一個女人丈夫死了，守了幾年寡，到頭來忍不住改嫁。

到了清明節，這女人想起前夫，就帶了香燭去掃墓。她的現任丈夫反正這天沒事做，便和她一起去。

走到墳前，這女人回憶從前的種種美好，大哭起來。

現任丈夫是一個很善良的人，看見她哭得那麼傷心，也莫名其妙地跟着哭，想安慰安慰埋葬在裏頭的這位仁兄，又不知道怎麼稱呼，只好邊哭邊說：「前輩呀，前輩，誰叫你死得那麼早，你老婆只好讓我來操了！」

扒手的故事

葷笑話老頭說完了他七十歲的舅父怎麼死去的故事之後，想起他舅父生前的事，他說：

我舅父在世的時候很喜歡泡妓院，有次他到雪梨去旅行，在皇帝十字區叫了一個女人，和她一起進房去。過了一小時，他才完事，那個女人滿意地說：「老傢伙，如果你還真行，我下次不收你的錢。」

「好呀，」我舅父說：「不過，我有個條件，你得讓我睡十五分鐘恢復恢復。」

「行。」女的說。「還有，在我睡覺時，你得用手抓住我的寶貝。」女的也答應了。

十五分鐘之後，我舅父龍精虎猛，搞得那女的服服貼貼，死去活來幾次。

「老傢伙，如果你還再能來一次的話，我請你喝香檳。」女的媚態十足說。

我舅父當然又說行：「不過，你得照樣用手抓住我的寶貝。又讓我睡個十五分鐘才可。」

那女的好奇起來：「我明白在你的年紀，你要休息十五分鐘才能幹，但是為甚麼你要我用手抓住你寶貝呢？」

我舅父懶洋洋地：「因為他媽的上次那個女的，乘我睡覺時把我的銀包給扒去了！」

軟硬之間

葷笑話老頭年紀已不小，他有位世伯比他還要老，也比他更風流。

這位世伯談吐幽默，衣着入時，本來是個完美的男人，但是到現在還是沒有人肯嫁給他，因為他的唯一缺點是口花花，答應過的事不一定做到。

世伯看中了一個旅行社的女秘書，每天請她吃飯、喝酒、到的士高，過了一段時間，引誘她到他家裏去。

當晚，他親自下廚，炒了幾樣拿手好菜，再開一瓶香檳，一番甜言蜜語之後，他開始一顆顆地解開秘書上衣的鈕扣。

「如果我們在一起。」他說：「我買一件皮草給妳。下次情人節，我帶妳去歐洲。」

女秘書也在等這句話，順水推舟地兩人親熱了一番。

完事後，她問：「你說要送我皮草，甚麼時候帶我去選？」

「甚麼皮草？」世伯問。

「你答應送給我的呀！」女秘書追究。

「男人想要的時候，甚麼都肯答應。」世伯說完，右手搭在心口，左手放在兩腿之間：「當那裏硬的時候，這裏軟了；當那裏軟的時候，這裏硬了。」

長

葷笑話老頭說：「關於男人那話兒長的故事，以前講過不少，有一個男人說他那東西只有兩吋——但只是離開地面兩吋。」

「還有更長的嗎？」我問。「更長的是有個男人仰泳，結果撞到了橋。」

「哈哈，更長的呢？」我追問。「更長的是一個把風箏結上，飛上天空。」

「哈哈，還有呢？還有呢？」我又追問：「這幾個故事好像都已經聽過，有沒有新的？」

「有。」葷笑話老頭大有自信地說：這個是剛出爐的。

有三個男人在鬥長，爭執了很久，其中一個說：「口講沒用，我們實際比一比。」

好，其他兩人都同意。他們跑到八十層高的某大廈的頂樓去，大家一、二、三把拉鏈拉開。

「怎麼樣，夠長吧？」第一個男人把他弟弟放下去，大家一看，哇，由天台掛到第三十七層樓！

「怎麼樣，夠長吧？」第二個男人把他弟弟放下去，大家一看，哇，由天台掛到八樓！最後一個男人跳來跳去，大家都罵他精神病：「你在幹甚麼？」

最後一個男人懶洋洋地說：「我在避開地面上的車，不然它們要撞死我的弟弟！」

大寶貝

前面走來一位又高又瘦的長者，不是葷笑話老頭是誰？「哈囉。」他老遠地向我打招呼。

「您好，您好，」我緊緊地抓着他的手。「講個笑話來聽。」我說。

「好。」葷笑話老頭搬出他的拿手好戲，就賞你幾個吧。

話說阿森和阿玲到郊外去遊車河，忽然天下起大雨來。

阿森看到阿玲胸前解開的兩顆鈕扣，向阿玲說：「不如來一下吧！」

「就在車上？」阿玲含羞地問。

唔的一聲，阿森即刻上前擁抱她，但是車子到底施展不到過癮的地步，二人決定不顧一切地走出車子，在泥濘的地上做愛。

衝呀，衝呀，阿森覺得有點不對勁，問阿玲說：「我那枝東西是放進妳的寶貝裏，還是插在泥土中？」

「插到泥土中了。」阿玲說：「別急嘛，我把它放好。」

再衝了一會兒，阿森又問：「我那枝東西是放進妳的寶貝裏，還是插在泥土中？」

「在我寶貝裏。」阿玲回答。阿森向阿玲說：「妳還是把它放回在泥中吧。」

大小的故事（一）

葷笑話老頭說：「大多數的男人，都會覺得他們那根東西比別人小。自卑感變成了自大狂，一有機會便要誇耀一下，真是可憐。」

紐約的中央火車站裏，廁所的小便器前面給人寫了一行字，非常幽默，它說：「站前一步吧，你那東西不如你想像中那麼大！」

巴塞隆納的地下火車站的便器前，也有同工異曲的字句，寫着：「是的，不像以前那麼厲害了！」

有個日本人說，他年輕時去巴黎，上廁所時，法國人都來偷看他那寶貝，因為當時流行日本的春宮版畫，都將男人性具誇張，法國人要看看他們真的是不是那麼有天賦。

不過像剛才所說，男人大多數那話兒還是小的，給女人笑了之後，常常找機會報復，葷笑話老頭告訴我兩則小故事。

（一）在一個暴風雨的晚上，男人在女人的家裏度過了一夜。第二天，她送他到門口，伸出小指頭搖了一搖，向他說：「拜拜。」

男的吃了一記悶棍，用兩根手指把嘴巴張開，向她說：「再見。」

（二）美國的離婚法庭上，有一對夫婦以「性生活不調和」為理由，要求法官讓他們分開。

法官叫太太先把要離婚的原因說明。

太太右手揮拳，左手伸出食指和拇指量着拳頭的大小，說：「這麼大的話，我還能接受。」又用左手的食指和拇指量右手的手腕，說：「這麼大我也勉強了。」

最後，她伸出小指頭，說：「但是，這麼大的話，教我如何忍受呢？」

法官點點頭，叫先生說明他的原因。

先生用拇指和食指做成一個圈，說：「這麼大的話，我還能接受。」又用左右兩手的食指和拇指共四根做成一個圈，說：「這麼大我也勉強了。」最後，他用雙手抱着自己的頭，說：「但是，這麼大的話，教我如何能夠忍受呢？」

法官聽了嘆一口氣，批准他們離婚。

大小的故事（二）

葷笑話老頭說在印度有個長話兒俱樂部。

「長話兒俱樂部的故事，我聽得不要再聽，不必再重播了。」我說。

「這是一個發展下去的故事，包你沒有聽到後面那一段。」

「好，你說說看。」我傾耳。

印度的長話兒俱樂部不是每一個人都能參加，能夠成為會員先要經過守門的阿差那一關。有個英國人自以為了不起，便去要求入會。守門的人叫阿拉星，他說：「給我看看你的資格。」

英國人拿出來，嘩，有六吋之長。亞拉星搖搖頭，掀起他的短褲的褲管：「你比得上嗎？」

英國人也不氣餒，回家去日夜拉，練了一年苦功，再去找阿拉星，掀起短褲的褲管給他看。那時天氣已涼，阿拉星穿着的已是一條長褲，他搖搖頭，掀起他長褲的褲管：「你比得上嗎？」

英國人又回家拼命拉，再過一年回去找阿拉星，掀起他的長褲褲管。阿拉星看了終於點點頭：「好，你到二樓去找書記馬拉星，看看你過不過得他那一關好了。」

英國人很高興，但樓梯很直，他要扶着扶手的欄杆才能爬上去。到了二樓，英國人才發覺那條扶手，是書記馬拉星的那話兒。馬拉星說：「你能比得上嗎？」英國人再次失望，但他是一個很頑固的人，再接再厲地拉了一年，終於拉得和書記馬拉星那麼長。馬拉星看到之後，說：「好，你到三褸去找秘書巴拉星，看看你過不過得了他那一關。」

英國人到了三摟，讓巴拉星看過資格。巴拉星把包在他頭上的那條纏頭巾一卷一卷地拉下來，問說：「你比得上嗎？」

英國人認定自己是一個死要面子的民族，不能說個輸字，下最後的努力，再練一年，已有巴拉星那麼長。巴拉星滿意地點點頭，叫他上四樓找會長耶拉星。英國人興奮之極，爬到四摟。會長耶拉星正在放風箏，問說：「你比得上嗎？」

大小的故事（三）

葷笑話老頭說：「只講些男人大的故事實在不公平，一定要比比女人的才行。」

「好，你說說看。」我傾耳。

約翰和瑪麗坐在沙發上看電視，看到約翰把手伸過去抱着瑪麗的肩膀，瑪麗不推開他的手，約翰便乘機吻了她一下，只見瑪麗沒有反應。約翰膽子一大，就跟着吻瑪麗的幾個敏感的部位。瑪麗還在看電視。

最後，約翰用手順着瑪麗的腳趾摸上去。終於伸了一根指頭進去。瑪麗也沒有反應。一根指頭變成兩根、三根、四根、五根，乾脆整個拳頭，瑪麗仍是沒有反應，還在看電視。

唉，約翰長嘆一聲，想放棄把手拉出來的時候，媽呀！手錶掉到裏面去了。這怎麼辦？是隻金勞，不見了不是可惜？

約翰掀開瑪麗的裙子，在門口看了一陣子，黑漆漆地，甚麼也看不見。瑪麗還是沒有反應地看電視。

只有用雙手打開一點，希望光線照進去，但是怎麼看還是看不到。把頭靠近一點吧，約翰想。

頭湊了過去，鼻子也進去了還是沒有用，唉，約翰長嘆一聲，算了算了。不過，最後再試一次吧，拼命鑽頭進去看的時候，拍落一聲，整個頭伸進裏面去了。

這不是要悶死人了嗎？約翰想拔出頭來，拔不出，反而連肩膀和整個身體都掉了進去。約翰翻了幾個筋斗，想抓也沒有東西給他抓，過一陣子才撲通一聲落地。

還好是軟綿綿的，沒有跌傷，約翰爬了起來，但還是一片漆黑，他伸手進褲袋找了個老半天找到一個打火機，格擦、格擦，點着了火。

咦？看到的是一個戴着大帽子，長着白鬍子的墨西哥人在打瞌睡。

墨西哥人看到約翰，問：「你來幹甚麼？」約翰道：「我來找我的金勞呀！」

墨西哥人懶洋洋地說：

「算了，我的騾子跑進來，我找了三年，你還想找甚麼金勞？」

酒吧

有一次，在酒吧裏看到輩笑話老頭和酒保打賭：「我可以咬自己的眼睛，不相信賭五十塊。」

酒保說好。輩笑話老頭把假眼拿下放在嘴裏一咬，酒保只好垂頭喪氣認輸。

「不用傷心。」老頭說：「我再賭你一百我可咬我另一隻眼睛。」

這傢伙不可能有兩隻假眼吧？賭就賭。

酒保放錢後，老頭把假牙脱出來咬另一隻眼睛，然後把錢放進袋子去。酒保氣煞。

「不用傷心。」老頭說：「我再給你一個機會把錢贏回來。你把一個酒杯從酒吧的這一處滑到那一頭。我可以一面追着酒杯一面往酒杯裏小便，只要有一滴尿濺出來，就算我輸。我輸的話給你五百，要是我贏了，你只要賠我一百就夠了。」

酒保一想，那麼一個小杯，你真的有那麼大的本事不把小便濺在外面？一百賭五百，賭得過！

放下現款後，酒保把杯子用力地滑出去。葷笑話老頭瞄準撒尿，但這次他失敗了。酒保大樂，把贏回來的錢袋好。

這時，在酒吧裏的另一個客人暈倒。

「他怎麼啦？」酒保問。

葷笑話老頭回答：「我和他賭五千塊，說可以在你的酒杯小便，你還會哈哈大笑！」

放屁的葷故事

一個由大陸來的阿茂，在地盤找不到工作，只有當水手航海去了。在船上，他和一個英國人和一個法國人做了朋友，三人一齊由這個國家航到另一個國家，見見世界是怎麼一個樣子，也比留在大陸好。

但是，航海的生活相當枯燥。阿茂有一點忍不住了，法國人看在眼裏，向他說：「不要緊的，我們下一個埠是横濱，日本人最會做吹氣的女人公仔，我們三個人合夥去買一個，晚上就不寂寞了。」

阿茂大喜，好不容易等到上岸，便和法國人和英國人一齊去買吹氣公仔。回到船上，他們把公仔取出來吹了氣，法國人先試試。

第二天，阿茂問說如何？法國人道：「好極了，和真人一點分別也沒有。」英國人試了。

第二天，阿茂問說如何？英國人道：「好極了，真人也沒那麼聽話。」

終於輪到阿茂，天一黑，他即刻把吹氣公仔抱進自己的房間。

第二天，法國人和英國人問說如何？

「不大妙。」阿茂哭喪着臉：「我做得興起，往她奶頭一咬，哪知道她放了一大聲屁，飛出窗口逃掉了！」

賭場得意的故事

葷笑話老頭告訴我，他有一個姓吳朋友，做人沒有甚麼興趣，就是喜歡賭錢。

「可是，」葷笑話老頭說：「他逢賭必輸。」

「那可不是好玩呀！」我說。

「是呀！」老頭點頭：「有一天，這個姓吳的朋友遇到了一個女巫，女巫向他說情場得意，賭場必不得意。要是他肯在今年一年內，犧牲他的性生活的次數的話，那麼，那個女巫便會唸咒，讓他贏錢。」

「你的朋友答應了？」我問。

老頭說：「他答應了。」

「後來怎麼樣？」我問。

「後來，他果然逢賭必贏，贏了許多錢，但都捐給了教會。」老頭說。

「那麼他的性生活呢？」我問。

「這個姓吳的朋友說，他這一年來只和女人睡過兩三次覺，算是不錯了。」老頭說。

「甚麼！」我叫了出來：「一年之內只和女人睡過兩三次，怎麼可以說是不錯？」

老頭懶洋洋地：「對普通人來講可能很糟糕，但是對吳神父來講，已經很不錯了。」

葷笑話老頭結婚之後，規矩了一陣子，後來又開始他獨身時候的吃喝嫖賭，他老婆每天和他吵架，把他煩死了。

我們在歡樂時間一起喝酒，他一點也不歡樂，悶聲不出。

「看開一點吧。」我安慰。

「唉，我獨身的時候多自由自在，」他說：「現在一切都完了。」

「好好地開導她，她還年輕。」我說。

老頭點點頭，又乾了一杯，已有三分醉意，我們分手。

以下是我們第二次再見面時他告訴我的故事：我從酒吧走出來，經過一個街口，忽然有人把我叫住：

「先生，我已經三天三夜沒有吃飯了，請給我幾塊錢。」

轉頭一看，是一個衣服襤褸的乞丐。

我很同情他，向他說：「不如這樣吧，我們回去剛才的酒吧，我請你喝幾杯。」

「我不喝酒的。」那乞丐說：「求求你，我只要幾塊錢就夠了，有了錢，我可以去好好地吃一餐的。」

「不如這樣吧，」我說：「半島酒店裏面有家大衛諾夫煙草店，我們去買幾根古巴雪茄抽抽吧。」

「我不抽煙的。」那乞丐說：「求求你，我只要幾塊錢就夠了，有了錢，我可以好好地吃一餐。」

「不如這樣吧，」我說：「明天沙田的那場馬，我認識幾個騎師，我給你貼士，那隻叫史諾比的一定跑出三十倍的冷門。」

「我不賭馬的。」那乞丐說：「求求你，我只要幾塊錢就夠了，有了錢，我可以好好地吃一頓。」

「那女人你也不要了？」我問。

乞丐搖頭。

我高興死了，把他帶回家去，告訴我老婆說：「妳看，這就是一個不喝、不抽、不賭、不嫖的人的下場！」

講詞

葷笑話老頭的朋友要嫁女，西洋風俗在餐宴上必要演講，他朋友嚇得要死，求老頭為他寫了一篇講詞。全文附錄如下：

各位親朋戚友，我答應我會盡量地將我的話縮短一點，大家都結了婚幾十年，不必再多一個人來悶死你們。

內人和我都很喜歡新郎喬治。他是一個老古板，還懂得來我們家，問我道：「我想和你的女兒結婚，請你答應。」

這種老古板當然好過不聲不響把女兒偷走的人。不過，當我問他說：「哦，你想當我的女婿是嗎？」

他回答：「我並不想認你為岳父。但是，我並沒有選擇，你說是不是？」

我覺得他講的不錯，實在不錯。喂，喬治，你臉上的傷好了沒有？

日子過得真快，我記得我向我內人求婚時候是用電話的，我問道：「你嫁給我好嗎？」

她興奮地：「當然好啦！喂，喂，你到底是誰？」

她年輕的時候曾經寄照片到「寂寞的心俱樂部」，人家把她的照片都寄回來，他們說他們很寂寞，但是沒有寂寞到那個程度。

好在，我女兒青出於藍。至少，有一個人這麼認為，要不然就不會有今天。

不過，我一定要承認我的確是很喜歡我的女婿，他很聰明，當他告訴我要娶我女兒的時候。

我問他說：「你有沒有向我內人說過這件事情？」

他回答說：「當然沒有啦，她已經嫁了給你。」

當時，正如所有的父親，我很關心我的未來女婿的經濟狀況。有一天，我問我女兒：「喬治一個月到底賺多少錢？」

你們知道她怎麼回答嗎？

她說：「真奇怪，喬治也問過爸爸你一個月賺多少？」

你們真的是天作之合，在這裏我祝福你們。願你們白頭偕老。

鄉下佬的故事

香港公司，在大陸鄉下設廠，老闆的兒子跑去監督，看中了一個女工，把她的肚子弄大了。

女工回到家裏，給她的老子發現了，大發雷霆，拔出鐮刀和斧頭，帶了女兒，跑去工廠和少東算賬。

工廠老闆聽到了消息，趕快要把兒子趕回香港。向他說：「你走好了，這裏的一切由我來應付！」

說時遲，那時快，鄉下佬已經趕到，舉起鐮刀和斧頭，大喝道：「你這他媽的王八蛋，你不叫你的兒子娶了我女兒，我就一刀把他斬成八塊！」

工廠老闆聳聳肩，把他兒子推到鄉下佬面前，說：「好吧，你要斬就斬，反正這個不肖的東西，我也不要了，但是，殺人要賠命，他死了，對你，對你女兒都沒有好處！」鄉下佬給工廠老闆那麼一說，也不知道如何是好。

「這樣吧。」工廠老闆說：

「我也是講理的人，如果你女兒生的是個男的，我給你十萬人民幣；要是生個女的，我給你五萬。」

「要是孖生呢？」鄉下佬問。

工廠老闆無奈：「孖生的話，給你十五萬。」

鄉下佬追問：「如果小產的話，你可不可以叫你兒子再操她一下？」

氣人

葷笑話老頭戴格爾的老婆和他的女房客懷孕後，他不敢去動他的那群刁蠻女秘書，在本地玩又怕八婆們向太太打小報告，所以決心到外國風流風流。

飛機抵達紐約，他打電話給朋友，但不巧大家都出去。找高級妓寨的老闆娘，又剛好給警察拉走，急得老頭團團亂轉。

最後，他跑到花園大道的一家高級酒吧去，孤獨地喝酒。

忽然，眼睛一亮，走進了一個身材高，又非常美麗的金髮女郎。與修長的四肢不相稱的，是那對豐滿的乳房，和那副知識分子的面貌。

戴格爾認為良機不可失，由她來做伴，一定可以度過一個可愛的晚上。他走了過去向她說：「小姐，我是一個寂寞的老人，請妳喝杯酒好嗎？」

那金髮女郎看了他一眼，用每一個酒吧裏的客人都能聽到的叫喊，回答：「甚麼？」

戴格爾有點不好意思，細聲地再問：「我是說，妳可不可以陪我喝杯酒？」

「去吃飯？」女的再大聲問。

「不，不。」老頭說：「我沒那麼說。」

「去酒店？」女的尖叫後走開。

戴格爾滿臉通紅，首次在這種場合下吃敗戰。酒保走前，向他說：「老先生，我們這裏是一間正派的酒吧！」

老頭更是羞得無容見人，心想付完賬，馬上溜掉吧。

這時，金髮女郎卻主動地走過來，微笑地向他說：「對不起，老先生，剛才嚇壞您了。其實，我是一個大學生，修的是心理學，正要寫一篇人類在尷尬情形下發生的反應的論文，拿您來做實驗，實在對不起。」

「甚麼？」戴格爾大聲叫喊，酒吧裏的客人都轉過頭來看着他們。

「我只不過在寫論文。」女的細聲說。

「一百塊美金？」老頭再大聲地問。

「不，不。」女的說：「我沒那麼說。」

戴格爾尖叫：「用口還要加五十？」

氣死

輩笑話老頭戴格爾快要做兩個孩子的爸爸，得意洋洋。但是，最近有件事，也把他氣個半死。

他告訴我：「最近，我的生意越做越好，公司也擴張了，請了幾個又年輕，又漂亮的女秘書。」

「她們是不是控告您性騷擾？」我直接地感覺。

「不是。」他搖頭說：「不過，要是家裏沒有兩個女人要應付，我可沒有那麼輕易放過她們。」

「不如把那些女秘書介紹給我。」我半開玩笑地要求。

「行。」

他正經地說：「但是有言在先，她們可不是好惹的。」

「有甚麼女人那麼本事？她們到底有甚麼東西那麼厲害？」

「口，她們的口厲害！」戴格爾大聲叫了出來。

有兩個淑女狀的老太婆走了過來，一聽，愣住了，瞪大了眼睛看着葷笑話老頭。

他張圓了嘴，向她們發出嘖嘖的聲音，把她們嚇跑。

「怎麼個厲害法，講來聽聽。」我說。

老頭嘆了一口氣：「有一天，我到公司上班，匆忙間忘記了拉褲子的拉鏈……。」

我急着要聽下去，老頭卻慢條斯理地喝了一口酒，才繼續說：

「我看到她們圍在一起嘰嘰喳喳，就走過去問個清楚，她們不回答，只是吃吃地笑。後來我忍不住了大聲道，妳們在笑些甚麼？

「她們當中有一個回答道：戴格爾先生，剛才我上班時經過您的家，看見您車房的門沒有關好。」

「我一聽，低下頭，才明白她們說些甚麼，便把拉鏈拉了，不慌不忙地問她們：『那麼，妳有沒有看到我那輛勞斯萊斯呢？』

「你知道她們怎麼回答？她們說：勞斯萊斯沒有看到，福士甲由車倒有一輛！

「你說，氣不氣死我？」

出爐笑話

又遇葷笑話老頭。「現在大家講的葷笑話，我每一個都聽過，難道目前的人，完全沒有幻想力了嗎？」我很激憤地問他。

「不，不，」葷笑話老頭說：「我講幾個新的，包管你沒有聽過。」

以下是他的故事：

我的一個美國朋友是個旅行家，也是一個喜歡到處拈花惹草的人。

全世界他都去過、玩過，一點事也沒有。

一天，他到香港來了，我帶他去了廟街，他叫了個有病的中國女人，這次，他可中標了，所有的性病都染上。

他回到加州，找個最出名的泌尿科醫生檢查，醫生看了搖搖頭，說：「壞消息，我恐怕不開刀不行，一定要把你那話兒切掉！」

聽了之後，他大為震驚，但強作鎮定再跑去看第二個泌尿科醫生，醫生看了搖搖頭，說：「壞消息，我恐怕不開刀不行，一定要把你那話兒切掉！」

結果這個朋友三更半夜地打長途電話來向我求救，我說：「病是在這裏染的，或者你再來一次，我替你找個中醫，可能有希望。」

他聽了馬上飛過來。我把他帶到吳淞街的一個土中醫家裏。

「兩個美國醫生都說要切掉才行，醫生，你看看我還有救嗎？」他哀求。

那個老中醫替他檢查了一下，又翻了許多古醫術書，說：「你是不是玩了一個生了病的中國女人？你錯了，你不應該去找美國醫生，他們甚麼事都要開刀，開刀才有錢賺。」

「那你是說我不用動手術了？」他充滿希望：「你不用切下我那話兒？」

「當然不用啦！」老中醫說：「你回去美國吧。回去後再過一個禮拜或兩個禮拜，那話兒自己會掉下來的。」

葷笑話老頭說完，我哈哈大笑，說：「果然沒聽過！」

「當然沒有啦，那是我剛出爐的笑話。」他懶洋洋地回答。

八爪魚的故事

葷笑話老頭拖着一個濕淋淋的袋子走進了一間酒吧。

酒保問：「你袋子裏袋着的是甚麼東西？」

老頭由袋中一抓，抓出了一隻巨大的八爪魚來。八爪魚的八條爪蠢蠢蠕動。

老頭說：「別看輕這條八爪魚，他是一個音樂家。」

「音樂家？」酒吧裏的人沒有一個相信他的話。

「你們隨便拿出甚麼樂器，牠都會玩。」老頭說。

酒吧裏有一個客人也是個樂師，就從他帶來的盒子裏拿出一枝小提琴來，交給老頭。

老頭把小提琴放在八爪魚的爪上。說也奇怪，這隻八爪魚果然用一條爪抓着琴，另一條爪握住弦，拉出美麗的樂章。大家都嘆為觀止。

酒保不服氣，從酒吧後面拿出了一個蘇格蘭人吹的風笛，風笛上有好幾條管，酒保說：「你叫你的八爪魚試試這個風笛，他會玩的話，我就服了你。」

八爪魚把風笛左翻右翻，翻個老半天。

「哼！」酒保說：「説牠不會玩就不會玩。」

葷笑話老頭懶洋洋地：「等八爪魚找到她的生殖器，牠就會玩。」

醉

十一月二十號那天，新的布雪麗紅酒剛剛由法國運到，葷笑話老頭在半島大堂等着，他一生人最喜歡喝這個酒，迫不急待地把整瓶喝得光光。

接着，他又遇到一群朋友，開始又一瓶瓶地乾個不停，因為是空着肚子的關係，他喝得大醉，尿急了，便衝進洗手間。

但是醉後竟不知不覺跑錯到女廁，葷笑話老頭一進門就把寶貝拿了出來。裏面有個醜人多作怪的老處女見狀尖叫：「這是女人用的！這是女人用的！」

葷笑話老頭指着他的寶貝，懶洋洋地說：「這也是女人用的。」

地產商的故事

葷笑話老頭到夏威夷去旅行，到了一個風景幽美的小島，心想：「在這裏有間房子住住也不錯。」

正在這時候有個人前來搭訕，他說：「我叫韓利，是個地產商，你有意思在這裏買間屋子嗎？」

葷笑話老頭：「唔。」

「這裏的天氣是全世界最好的，吃的東西也是全世界最好的，只要一件衣服就夠穿上一年，」地產商滔滔不絕地推銷：「而且，住在這裏的人，都是長生不死的。」

剛巧，有個送殯的行列經過。葷笑話老頭調皮地望着地產商，看他有甚麼話說。

地產商脫下帽子哀悼：「可憐的棺材店老闆，餓死了。」

聖誕老人的故事

聖誕節快到，先講一個故事，到時好讓情侶們吃燭光晚餐時有些話題，葷笑話老頭說。

有一年，我在南斯拉夫，剛好遇上聖誕節，我決定扮聖誕老人，把禮物送給村裏的小孩。

你知道，歐洲人的傳說是聖誕老人一定要由煙囪爬下去，將禮物放進掛在牆上的襪子裏面。

我照足一切去做，好不容易地由那狹小的煙囪爬下去，進入一個小孩子的家。

哪知道，我一看，屋裏只有一個很漂亮的少女，穿着很薄的睡衣，身材之漂亮，是我從來沒見過的。「哈囉，山弟！」她說。

聖誕老人叫 Santa Claus，她竟親熱地叫我 Santie，我感受到一陣暈浪，差點站不穩，但是，我還是很理智地：「對不起，小姐，我是來把禮物送給一個九歲的男孩子的。」

「他是我弟弟，就快回來了。」少女說：「不過我現在一個人無聊得很，你再陪陪我好嗎？」

說完，她把睡衣脫下：「山弟，我可以不可以要求你再留下來五分鐘。」

我只好投降，向她說：「唉，算了，反正像我現在的狀況，要再由煙囪爬出去，也不可能了。」

道歉的故事

葷笑話老頭風流了一世，死不悔改。

他的女秘書看在眼裏，有一天忍不住地勸勸他：「您也有相當的年紀了，總應該修心養性了吧！」

老頭一聽，也覺得有點道理：「好，我今天回家，就向我老婆道歉，求她原諒我。」

「但是。」他的女秘書說：「千萬別說你相好的女人的名字，要不然你太太會去找那些女的算賬。」

「是，是，妳說得對。」老頭點頭後回家。

到了晚上，老頭果然向他的太太懺悔，說做過很多對不起她的事，奇怪得很，他老婆沒有生氣，反而好奇心很重地問他：「那個王小英你也睡過了吧？」

「我不能告訴你。」老頭說。

「我才不相信，這女人跟甚麼人都上床，我和她最熟，她的事我都知道。」

老婆說。

老頭連連搖頭。

「林玲玲呢？她一喝酒甚麼都幹。」老婆追問：「還有那個陳芬芬，她一板正經，其實她才是最騷的。」

老頭堅決不說出名字來。

第二天，老頭上班，女秘書問說如何。

老頭懶洋洋地說：「道歉了真有好處，我老婆不但原諒了我，而且還告訴我三個可能性，我知道下一個要追的是甚麼人了。」

蜜月酒店

一對老夫婦，非常之恩愛。一天，他們決定回到他們新婚的旅館去住幾天，重溫昔時春夢。

那間酒店還在，還是那個老樣子。他們走進去。認得櫃台後的服務生，他已經陞為經理，還親自打理業務。

向經理一提起他們五十年前來這裏度過蜜月，經理大喜，認為是件可慶之事，為他們安排了同一個房間。連那張床也是一樣，被單都是同樣的藍色。望上去，天花板的破裂，五十年不變。

老夫婦情不自禁，太太向丈夫說：「你記得嗎？我們上次來的時候，你輕輕地咬着我的耳朵。」

先生說：「等一下，我到廁所去拿牙齒。」

太太說：「那晚上你多急，連襪子也不等我脫掉。」

先生把羊毛和針線放在她膝下，說：「今晚，你可以慢慢地織一雙……」

撞板

董笑話老頭經常跑到澳門的一間有艷舞團表演的夜總會去，當然不肯帶他的老婆一起。

昨天是他的生日，夫妻想二人世界地好好度過，但一時又想不出去那裏，他太太忽然發現了他帶回來的火柴盒，印着澳門夜總會的廣告，說：「我們不如去這一家慶祝吧！」

老頭戴格爾支支吾吾，回答不出。他老婆疑心大作。

「那地方我沒去過，不知好不好，且澳門又那麼遠，不如留在香港玩吧！」戴格爾說。

他老婆堅持：「走！」

硬着頭皮，戴格爾穿好衣服，陪太太乘飛航船到了澳門那家夜總會。穿制服的阿差門警一看到，大聲地：「啊，歡迎你，戴格爾先生！」

「他怎麼認識你的？」太太詢問。

戴格爾抓抓頭皮：「大……大概是……是在報……報紙上看……看過我……我的照片吧？」

太太瞪了他一眼，兩人走進去。

領班笑臉迎上：「啊，戴格爾先生，我給你留了最好的位置。」

「他怎麼認識你的？」太太又詢問。

戴格爾伸長舌地：「因……因為……我訂……訂了座位。」

負責酒的侍者走過來：「啊，戴格爾先生，新布殊麗剛運到，每年這個時候你一定會來嚐的！」

「他怎麼會認議你的？」太太再次詢問。

戴格爾急智地說：「我進門時把信用卡先交給他們，當然知道我是誰了。」

他太太反問：「為甚麼我沒有看到？」

這時，音樂大響，一群數十人的裸體女郎跳着大腿舞，高唱：「生日快樂，戴格爾先生！」

再也忍不住了，他太太揪看他的耳朵，拉他出外，跳上一輛的士之後，大力地用皮包打戴格爾。

司機轉過頭來：「啊，戴格爾先生，要是她不肯，只要你出一聲，我就把這個婆娘扔出車去！」

衰

葷笑話老頭的兩個白領階級的朋友占和祖的故事：

占和祖兩人合夥租了一間房子同住。有一天，占回家，看到祖抱頭痛哭。

「我真是衰！我真是衰！」祖呻吟。

「喂，你整天抱怨，甚麼事都做不成，人生並不是那樣壞的。」占安慰他。

「是的，是的。」祖大叫：「我是全世界上最不幸的男人。」

「到底是怎麼一回事？」占問。

「事情是這樣的，我下班後在中環遇到一個很漂亮的女人。我終於鼓起勇氣約她到雙城酒吧去喝一杯酒，她果然答應了。哇！我們兩人談得投機，喝得有點飄飄然。當她說請我回家裏坐坐，我以為我轉運了！」

「那不是好嗎？」占說。

「還有下文的，到了她家，我們心不在焉地聊了一回兒，你看我，我看你，我們擁抱接吻，不知不覺中，我已經和她上了床。正當我快要來的時候，忽然，有人大力敲門。」

「我的丈夫回來了！」她說。

「我連用毛巾包身的時間都沒有，馬上由窗口爬出去！我用手抓着窗的鐵框，不過，已經來不及，她丈夫衝了進來。」

「他一看到，即刻知道是怎麼一回事，他跑到窗口來，用鐵鎚敲我的手指，我當然死抓着不肯放手，他拿我沒法，就拉開褲襠在我臉上小便。」

「這還不夠，剛好這時候有兩個英國老太婆走過，看到我光着身，尖叫起來，馬上去報警。差人來了，把我抓到警察局去，你說我衰不衰？」

占聽了長嘆一聲：「唉，看開一點吧，你想想，也不是每一個人會有這種經驗呀？」

祖又抱頭痛哭：「他媽的，你還不知道，當差人來抓我的時候，我發覺她的房間不過在一樓，我的雙腳離開地面只有兩呎！這還不夠衰嗎？」

找錢的故事

喜歡喝酒的人，喝得太多了，總有一個時期會不知道自己做了些甚麼事。

這種情形就發生在葷笑話老頭的身上，他最近喝酒，到了某個階段就「淡出」(Fade Out) 了，等到「淡入」(Fade In) 的時候，已是第二天早上。

有一次出席一個宴會，坐在一個很出名的電影明星的旁邊，當晚他又喝得大醉，醒起來發現睡在那個女明星的床上，但有沒有做過，他一點也不記得，真是懊惱又可惜。

這種事越來越嚴重，但是老頭戒不了酒，還在照樣喝。

有天在街上碰見他，他抱頭大哭，說做錯了，再也不喝酒，我感覺到奇怪，問他甚麼原因可以停下來，這是老頭的故事：

「昨天晚上，我上夜總會，醉得不省人事，只記得帶舞小姐出街，其實我甚麼也沒有做過，吃完了消夜就一個人回家了。第二天醒來的我根本不曉得已經回到自己家，睡在自己的床上，就拿出一張一千塊錢的鈔票給我身邊的那個女的！」

「給你老婆罵也算不了甚麼吧？」我說。

老頭又抱頭痛哭說：「你不知道，我老婆還弄一張五百塊的找給我呢。」

火星人的故事

小陳和他太太移民到加拿大的一個小地方，悶個要死，蒼蠅飛過，像波音機那麼響。

一個晚上，他們出來陽台賞月的時候，忽然，天空降下了一個飛碟，走出一對火星人夫婦。

起初小陳和他太太很害怕，但看到火星人並不醜，而且很友善，就和他們談起天來，最後又請火星人夫婦到他們家裏吃飯、喝酒。

事情連接發生，最後他們四人決定換換性伴侶。

陳太和男火星人走進睡房。男火星人脫了衣服，陳太發現他那根東西又細又小。

「喂，那麼細小，到底行不行？」陳太問。

「別擔心，請看。」男火星人說完用手擰一擰左邊的耳朵，忽然，那根東西長到八吋，但是還是那麼細。

「別擔心，請看。」男火星人說完又用手擰一擰右邊的耳朵，忽然，那根東西腫了起來，像枝棒槌。

陳太高興死了，兩人強烈地做愛。

第二天，小陳和他太太送走了火星人，小陳問他老婆：「昨晚玩得高興嗎？」

「太好了。」陳太說：「你呢？」

「普普通通。」小陳說：「那個女火星人整個晚上只會擰我的耳朵。」

造人的故事

有一天，在伊甸園，夏娃朝着天上說：「上帝，我有困擾。」

「你的困擾是甚麼？」上帝問。

夏娃說：「上帝，我知道祢創造了我，又建造了這座美麗的花園給我住下，還有那麼多的動物來陪我，包括那條常惹我大笑的蛇，但是我不快樂呀！」

「那是為甚麼呢，夏娃？」上帝問。

「我太寂寞了。」夏娃說。

「那麼我做一個男人給你吧。」上帝說。

「甚麼叫男人？」夏娃問。

「男人是一個長不大的小孩，弄一個球給他踢踢，他就滿足了。」上帝說。

「那好呀，趕快給我弄一個。」夏娃說。

「不過這種人很自卑，更自大，又很好勝，我們要哄哄他。」

「怎麼哄？」夏娃問：「他才滿意？」

上帝懶洋洋地：「你要騙他說我第一個創造的是男人，不是女人，他就滿意了。」

男人心聲

一、如果你覺得自己胖，那就是胖。不要問我們男人。我們拒絕回答。而且我們關心的，只有幾個部位罷了。

二、用完馬桶，請將廁板豎起。

三、別剪掉長髮，長髮永遠比短髮好看。

四、請永遠記得我們有時候並不在想你。

五、除非你想討論足球、高爾夫球、政治和金融，不然別問我們在想些甚麼。

六、別說去商場逛逛也是一種運動。

七、是的，我們已經回答過不知多少遍，你已經有足夠的衣服和皮包。

八、一起出門時，你穿甚麼都好看，真的！別把衣服一換再換，害我們遲到。

九、不一起出門時，也請你別對我們穿甚麼衣服發表意見。

十、想要甚麼就直說吧！再巧妙的暗示，我們也不會理解。

十一、哭泣，是一種勒索行為。

十二、不要和我們爭辯半年前我們説過甚麼話。我們説過甚麼話，三天之內已經忘記。

十三、喜歡看年輕女孩子，是男人天性。

十四、看電視時，你們要發表意見，請在廣告時間發言。

十五、聽到舊情人的消息，我們當然會想到她們的身體，但這並不代表忘記你。

十六、批評你，是以事論事，請你們不要一叫二哭三上吊。

十七、問你：「怎麼啦？」你們回答：「沒事。」我們就當作沒事。

十八、請你們不要懷疑，對你們的熱情，是不可能和起初認識時那麼劇烈的。你無故傷心，是你的事。

男人缺點

讀者瑪麗繼續電郵來數男人缺點的英文資料，照譯不誤：

男人像香蕉，放得越久越軟。

男人像假期，永遠不悠長。

男人像香煙，喜歡的人不介意聞它的味道，討厭的就受不了。

男人像紅酒，自稱越老越醇，但多數中途變質，成了醋。

男人像打火機，名貴的越老越少，當今的多數是即用即棄。

男人像拖拉機，個性永遠拖拖拉拉。

男人像汽車，新款的很標青，多幾年，看了就不順眼。

男人像單車，不踏它它不會動。

男人像摩托車，一樣吵。

男人像火車，永遠想拖多幾個車廂，愈拖走得愈慢。

男人像飛機，就算繞了地球一圈，也要繞回原地。

男人像廁所蓋子，要坐久了才熱起來。

男人像豬，有肚腩的才夠肥，吃起來才好吃，太瘦的沒有味道，也沒錢給你花。

男人像羊，不羶的不好吃，如果沒有羊味，女人不如去搞同性戀。

男人像魚，永遠是漏網的那尾最好。

男人像運動鞋，穿久了很臭。

男人像面紙，一張用過一張，才乾淨。

男人像果汁機，家裏一定買一個，用完洗起來很麻煩，所以很少用它。

男人像電視廣告，重複又重複，所賣的東西不太可靠。

男人像算命先生，常說的一些事，一點也不準。

男人像停車場，好的位置多數被人佔去，剩下來的，只是傷殘人士用的。

你了解男人嗎？

一、好男人，多數是醜的。
二、英俊的男人，多數很壞。
三、又英俊又好的男人，多數是搞同性戀的。
四、又英俊、又好、又很正常的男人，多數已經有老婆。
五、不英俊，但是好的，沒有錢。
六、不英俊，但是好的，又有錢的男人，多數以為你愛他們，是為了他們的錢。
七、英俊的男人，沒有錢，要和你交朋友，是為了你們的錢。
八、英俊的男人，又不太好，但很正常的，多數認為你不夠漂亮。
九、認為你是漂亮，又是正常的男人，雖然溫柔又好，但多數不敢約你出去。
十、有點錢，有點英俊，有點正常，對你有點好，又是沒有老婆的男人，從來不採取主動來約你。

十一、對不採取主動的男人，女人只好採取主動。這一下子可完了，他們以為你很賤，不值得娶你做老婆。

為了報復，女人認為對待男人，應該像對紅酒一樣。

像紅酒一樣？那不是很好嗎？男人沾沾自喜。但是女人的想法是：

一、要像葡萄一樣，用腳來踩！

二、要把他藏在黑暗之中，等待成熟了，才帶他們出去。

話說回來，就算一切順利，女人找到她們的如意郎君，但是再過幾年，女人又認為這個男人不值一嫁了。

所以，女人，是不能同情的，不管她們嫁不嫁得出去。

對不起

南祿兄為人風趣，還蠻會自嘲，懂得自嘲的人，總是有信心的。

他去了芬蘭，當然去沖出名的芬蘭浴。

見三溫暖中有一位老太太在打掃，也不避嫌，裸體的男人她看得多。

身為東方人，還是不慣，南祿兄下半身圍了一條大毛巾，老太太看到了，用手指指着毛巾，意思是不必或者不可以在三溫暖中圍毛巾的。

南祿兄只有把毛巾除掉。

老太太看了明白，說：「噢，對不起！」

二、女人篇

快樂方法

葷笑話老頭教人令老婆快樂的五種方法：

一、當你下班回家，千萬不要把在公司的煩惱告訴她。讓她先把她不喜歡的事告訴你。當然，要是她不喜歡的事包括你在內，那你不用去聽。

二、帶她去看林青霞主演的電影，看到一半，向她說：「我們走吧，心肝，我真不明白為甚麼有人會看中她。」

三、在大庭廣眾下讚美她，讓她聽到你向大家說你的成功是因為採取她的意見，你尊敬她的決策和智慧。私底下，你要怎麼罵她是你的事。

四、買一件小兩號的衣服給她，她會高興死了。既然她穿不下，你可以把那件衣服轉送給你的女秘書。

五、要是以上的辦法行不通，而你還要令她快樂，那你最好自動消失。

令你的女朋友快樂的五種方法：

算了，還有甚麼方法？女朋友應該令你快樂才對。要不然，快回到你老婆身邊去吧。

懶人的故事

珍妮和一個男人結了婚，他是一個工作狂。做、做、做，甚麼都做，不停地做；包括做愛，都是那麼地勤力。

珍妮厭了，終於離開他，發誓如果有一天再結婚的話，一定要找一個天下最懶的人。

終於珍妮找到了他。

一天，珍妮走過河邊，看到一個男人在釣魚，浮標已活動了。

「喂，已經有魚上鈎。」珍妮向那個睡着覺的男人說。

那個男人起身，向珍妮說：「妳幫我把漁竿提起，把那尾魚抓着吧！」

珍妮一想，果然是個懶得厲害的男人，就依從他的話，把魚抓了給他。

這個男人接着說：「妳幫我把魚餌裝上，再把鈎扔回河裏去吧！」

珍妮大樂，向那個男人說：「天下竟有你那麼懶的男人，你應該和一個女人結婚，生一個兒子來幫幫你才好呀！我倒是很願意嫁給你的。」

那個男人聽了懶洋洋地說：「好主意，但是妳給人弄大了肚子沒有？」

女巫

陳忠信是一家美國銀行的分行經理，他愛上了一個懂得花錢的情人，又懂得欣賞古董字畫，雖然對賭博沒有甚麼興趣，但以上的兩種嗜好，也讓他夠受，結果虧空了銀行一千多萬。

唉，陳忠信不是一個不負責的人，錯是錯在自己，只有死路一條，才能解決他的問題，他爬到太平山頂，準備由那兒跳下結束生命。

忽然，在他身後傳來一個女人的聲音：「年輕人，別那麼傻。」

陳忠信轉頭一看，啊，是個奇醜無比的勾鼻女巫。

「我只要阿拉剎拉地叫一聲，你所有的願望都能達到！」女巫說。

「我要一千萬也有？」陳忠信驚奇。

「對。」女巫說：「不過有個條件，你必須帶我去九龍塘愛情酒店和我來一次！」

這種情形，陳忠信只好甚麼都忍了。和女巫上了床，閉起眼睛來，比死都難過。事後，女巫問他今年多少歲。

「三十八了。」陳忠信說。

女巫躺在床上，懶洋洋地說：「三十八歲人了，還相信有女巫這種無聊的事？」

六合彩的故事

陳先生是個普通的商人，收入並不佳，但是他的老婆每天換甚麼Dior，甚麼Y.S.L.，甚麼Gucci，甚麼Lanvin。陳先生也從來沒有問她怎麼買回來，因為他一問一定吵架。

天氣漸漸冷了，一天，陳先生的老婆又穿了一件銀狐的大衣回來。

這一下子陳先生忍不住了：

「喂，妳哪裏弄來那麼多錢？」

「噢！」陳太太說：「講了你也不會相信，我經過投注站時買了一張六合彩的票，竟然給我中了三獎，剛好夠我買這件大衣。」

一個星期過後，她又戴了一對鑽石耳環回家。

「喂，你哪來那麼多錢？」

「噢！」陳太太說：「講了你也不會相信，我又經過投注站，又買了一張六合彩的票，又給我中了二獎，夠我買這對耳環。別說那麼多了，你替我放水，我要洗澡。」

「還是別洗了。」陳先生說。

「為甚麼？」陳太太問。

陳先生懶洋洋地說：「你的那張六合彩的票子，弄濕了，總是不太好吧？」

超級市場的故事

老王夫婦開了一家小型的超級市場，丈夫辦貨，妻子收銀。貨物越來越多，人手不夠，他們去申請了一個菲律賓女傭，一方面幫他們買菜煮飯，另外也可以在店裏做做雜務。

有一天，女傭蹲下來收拾架底下的罐頭的時候，忽然，她的假髮整個掉了出來，她的頭光禿禿地，活像尤伯連納。

王太太好奇地問：「怎麼啦，黃麗妲？」

黃麗妲很羞澀地回答：「王太，我真不知道怎麼説起，唉，不但是我沒有頭髮，我身上甚麼地方都是光的，我是一個長不出毛的女人。」

這件事給在店前的老王聽到了，當晚，老王向他老婆説：「喂，我一生之中，從來沒有看過一個身上沒有毛的女人，求求妳，讓我開開眼界，我答應買兩個富格蘭金幣送妳。」

王太考慮了一會兒，説：「也好，明天我們關門以後，你就站在架後等。」

果然，收工後，王太把黃麗姐叫來：「黃麗姐，妳昨天説妳長不出毛來，我真想看看，妳把衣服脱了，我給妳一百塊錢當小費。」

黃麗姐臉紅了老半天，説：「好吧，反正我們都是女人，給妳看看不要緊，不過，單是我脱不好樣的，我們當成一塊兒沖涼，妳也脱了，我就不會太不好意思。」

王太點點頭，兩個脱光。

事後，王太向老王説：「好，你要看的都看了，兩個富格蘭金幣拿來！」

老王大怒：「妳還好意思向我要金幣？我叫了老李、老林、老方、老葉一起來看……」

臉皮的故事

雞尾酒會上，葷笑話老頭手拿一杯白酒，在人群中周旋，遇見一個其醜無比的中年女人，身上搽了濃郁的香水，但又遮蓋不了她的狐臭，頭髮油膩膩地纏在一起，大概是很多天沒有洗了。

她看到葷笑話老頭，一把把他拉住，說：「喂，你來評評理！」

「評甚麼理？」老頭問道。

醜女人一邊照着鏡子塗唇膏，一邊說：「男人的臉皮厚，還是女人的臉皮厚？」

老頭給她突然這麼一問，也糊塗了，回答不出。

「照我說啊，男人是最不要臉的了，」醜女人尖聲道：「他們撒謊，眼睛眨也不眨一下，騙老婆說甚麼應酬外國客人，其實都是自己愛上夜總會和那班狐狸精鬼混，你說我講的對不對？」

「不是每一個都是那樣的。」葷笑話老頭囁嚅地說。

「天下烏鴉一般黑，不是才有鬼！」她嘶叫：「他們自己出來玩就行，説是甚麼博愛，但自己的老婆看人家一眼，馬上就吵着要離婚！」

董笑話老頭給她講中了，心中有愧，小聲地回答：「是，是自私了一點！」

「甚麼自私，簡直就是無恥。」她高聲呼叫：「我們女人也需要婚外情！這是男女平等的時候了。但是，可惜的是，我們女人一和野男人做愛，馬上便感到內疚。到底，我們女人的臉皮是薄了一點，不像你們，可以當成小便一樣若無其事！」

老頭一直想脱身，説：「我可沒有惹到妳呀，怎麼盡找我晦氣？」

「那你説一句，到底是男人臉皮厚，還是女人臉皮厚？」她簡直控制不了自己。

「女人厚一點吧。」董笑話老頭實在忍不住。

「甚麼？」醜女人咆哮：「你有甚麼理由證明？」

董笑話老頭懶洋洋地：「至少，我們還長得出鬍子，妳就不行！」

胸罩的故事

巴黎的香榭麗舍大街後面，就是基麗絲汀·狄奧的主店，陳先生在法國做生意，乘這個機會去買點禮物送給他太太。

他本來想買一件睡衣，但一看價錢，真是嚇死人，貴的七八萬港元，最便宜那套也要五千，還說已經是減了價，到最後合他預算的也只有一副乳罩。

「我要一個這個。」陳先生指着公仔的上半身向售貨員說。

「請問你要甚麼號碼呢？」女店員很客氣地問。

「我……我不知道。」陳先生回答。

「像不像椰子那麼大呢？」

陳先生搖頭。

「像不像西柚那麼大呢？」

陳先生搖頭。

「像不像橘子那麼大呢？」

陳先生搖頭。

「像不像檸檬那麼大呢？」

陳先生搖頭。

「至少有雞蛋那麼大吧？」

女店員最後說。

陳先生點點頭：「有，有雞蛋那麼大，不過是荷包蛋。」

不用的東西

陳先生找到一個女人陪他睡覺，他以為他的八婆太太去百貨公司，一定沒有那麼快回來，兩人在房中正要短兵相接的時候，八婆太太氣沖沖地把門撞開，看到他們兩人赤裸裸，馬上抓起桌子上的煙灰碟，對準陳先生的頭準備扔過去。

「請……請聽我解釋！」陳先生哀求。

「捉姦在床，還有甚麼好解釋的？」八婆怒吼。

「這個女人是鄉下來的，家裏窮得很，我看她可憐，把她帶了進來。」

「哼！」八婆不聽。

「我看到她餓了，就給她吃東西。」

「吃東西罷了？」

「是呀！」陳先生說：「還有，我看到她的拖鞋已經穿了，我把你那雙十年也不穿一次的送了給她。」

「然後呢？」

「我看她牛仔褲破了一個洞，就把你從來沒有穿過的牛仔褲送了給她。」

「送，送，送，怎麼會送上床？」八婆大叫。

「我本來要送她出門的。」陳先生懶洋洋地說：「但她臨走之前問我：還有甚麼東西你老婆最近不用的？」

好貨

陳先生要去欣賞漢城奧運會，目的當然是泡韓國妞，但他的八婆太太死命要跟着，陳先生只好帶她去，心想總有空檔溜出去滾滾。

出發之前，陳先生問他的朋友：「喂，現在叫雞，要多少？」

「三百韓幣吧。」他的友人說。

很顯然，這個朋友很久很久沒有去過韓國了。

到了漢城的「樂地」酒店。

陳先生向他的老婆說：「妳不如先去洗洗頭，沖個涼，我們傍晚再去酒店的夜總會舞廳跳舞。」他老婆點點頭。

陳先生乘這個機會馬上到酒店大堂逛逛，坐在咖啡店裏有個高大韓國美女向他打眼色，陳先生也回敬。

她走了過來：「你是不是要人陪？」

「我當然有興趣啦。」陳先生說：「多少錢呢？」

「二十萬。」女的說。

「嘩！」陳先生嚇得一跳：「那麼貴？」

「便宜沒好貨。」女的說完了走開。

當晚，陳先生陪八婆陳太太去跳舞，遇到剛才那個韓國美女。

她說：「我不是告訴你嗎？便宜沒好貨！」

婦運雞尾酒會

葷笑話老頭去參加一個婦運的鷄尾酒會，來賓都是名門淑女，所穿晚禮服件件設計不同，但話題多數一樣，都是圍繞着表揚自己怎麼瘦、怎麼小。

「我這個減肥辦法最有效了。」美容食品業的女老闆說：「按照我發明的食譜，包你每個星期可減十磅。」

「哇，那不是比美國的斯加德醫生那條方更厲害？」戴格爾一面喝着他的白酒，一面裝成驚奇地問。

女老闆不屑地：「他怎能和我比？我自己試了我的食譜，幾個月下來，我在浴缸洗澡，把漏水塞拔掉之後，瘦得差一點從水喉口流了出去。」

開健身院的老闆娘在旁邊聽到，說：「那算不了甚麼，在我的健身院裏的客人，經過我訓練，哪用得了幾個月，幾個星期就可以比妳節食法更瘦。」

「瘦到甚麼一個樣子？」戴格爾又假裝驚奇地再問。

健身院老闆娘自傲地說：「瘦到不小心吞下一顆櫻桃核，她們的丈夫都以為她們懷孕了，你說厲害不厲害？」

「瘦沒有用，要小才能討男人的歡喜。」婦產科女醫生說。

「洗耳恭聽。」戴格爾說。

「女人生育之後，不做運動是不行的。」婦產科女醫生滔滔不絕地發表她的理論：「經過我的特別指導，產婦不但不會變大，而且反而會縮小。小到每個月大姨媽來訪，只要用一塊割破手指用的小膠布黏貼，便能搞掂。」

「哇！妳們三位真是厲害，怪不得能夠成為當今的女強人！」

戴格爾讚美：「我在非洲也認識一個女強人，她的身體比火柴枝還要瘦，那個寶貝比針孔還要小，但是非常可惜，她的嘴有洗臉盆那麼大。」

「嘴像洗臉盆那麼大，那臉呢？」三個女強人同時地問。

「說大話，還要臉嗎？」戴格爾反問之後，陰濕濕地笑，拍拍屁股走開。

掟狗出火車

葷笑話老頭在英國坐火車。

一路上欣賞風景，有個美國人走進了車廂，在他對面的位子坐下，不到一會兒，又有一個英國八婆帶着她的哈叭狗走進來。

火車飛奔，英國八婆的哈叭狗衝上前，把美國人的褲腳咬個稀爛。

但是那個英國八婆一點也不道歉，反而摸着哈叭狗的頭，說：「可憐的小哈叭狗，可憐的小哈叭狗，你的肚子一定是餓了！」

火車飛奔，英國八婆的哈叭狗又衝前，在美國人的鞋子上撒尿。

但是那個英國八婆一點也不道歉，反而摸着哈叭狗的頭，說：「可憐的哈叭狗，可憐的哈叭狗，你一定是喝水喝多了！」

火車飛奔，英國八婆的哈叭狗又衝前，這次爬到美國人的頭上，要咬美國人的鼻子，美國人忍無可忍，站了起來，抓着哈叭狗，打開窗，把哈叭狗大力地扔出窗外。

八婆大聲地叫救命。

董笑話老頭懶洋洋地向美國人說：「你們美國佬真奇怪，你們的英語講得不正，你們駕車又是反方向，而且，應該扔出去的母狗，你們反而不扔！」

火車上的八婆

葷笑話老頭去英國旅行，最喜歡坐火車，英國的火車有個玻璃窗車廂，又舒服又高貴又自在，是別的國家沒有的。

這一次，他又乘火車到鄉下，正當欣賞一路上的田園風光，走進一個老處女，葷笑話老頭不介意，繼續看外面，這時，又走進另外一個老處女。兩個老處女一路上吵個不停。

一個說要坐在面對前邊的方向，另一個不肯讓位給她；一個要把行李放在座位上，另一個不准她放。

最後，她們爭論到底要不要打開窗口。越吵越僵，差點打了起來，葷笑話老頭才不肯插手，冷眼地看着。這兩個老處女誰對誰非不能解決，把火車管理員叫了來。

「如果你讓她打開窗。」其中一個說：「我會患感冒，萬一我病死，是誰的錯？」

「如果你讓她關上窗，」另一個說：「沒有了空氣我會死掉，又是誰的錯？」

葷笑話老頭終於忍無可忍，向管理員說：「我可以說一點意見嗎？」

「好呀，這位先生，請您評評理。」管理員說。

葷笑話老頭懶洋洋地：「你先打開窗，把那個怕冷的八婆凍死；再關上窗，把那個怕熱的八婆悶死，這樣天下就太平了！」

罵八婆的故事

葷笑話老頭講笑話，頗受歡迎。

公司裏一群八婆，本來也很愛聽的，而且沒有男人在場的時候，也粗口百出。不過，八婆總是八婆，一定要裝出個正經的樣子，所以她們之間有幾個開始對葷笑話老頭不滿，講他的壞話。

「那個老頭真討厭，我頂他不順。」八婆甲說。

「是呀，口水橫飛，他以為他是誰？」八婆乙說。

「下次他一開口講故事，我們就一齊站起來走開，丟丟他的臉！」八婆丙提議。

七嘴八舌，所有八婆都同意了。公司裏的一個年輕女秘書聽到了，甚不以為然，她個性正直純樸，不矯揉作狀，討厭和其他的八婆在一起。

下班後，葷笑話老頭駕車回家，見到女秘書，送她到地鐵站，女秘書更是感激，便把八婆要杯葛他的事講了給老頭聽。

老頭笑嘻嘻地：「謝謝你，下次我講故事，妳留下不要走就是了。」

隔天，老頭在八婆面前說：「我聽講大陸抓妓女抓得很厲害，現在廣州連一隻雞也沒有……」還沒講完，八婆們馬上站起來走開。

老頭瀨洋洋地：「要搶生意也別那麼急，下班飛機晚上才開呢。」

如果

一對夫婦，新婚不久。

一天早上，太太剛洗完澡走出來，還在用浴巾擦自己身體的時候——

忽然，老公由她的後面走上來，用手大力一抓，抓到她的屁股，向她說：「如果這裏硬一點的話，妳就不用穿那麼緊的褲襪。」

老婆聽了很傷心，一個禮拜不和他說話。

又有一個早上，太太剛洗完澡走出來，還在用浴巾擦自己身體的時候——

忽然，老公由她的後面走上來，用手大力一抓，抓到她的胸部，向她說：「如果這裏硬一點的話，妳就不用戴那麼大的乳罩。」

老婆聽了更是傷心不已，對這個沒有良心的丈夫，她真是失望之極，惟有等着機會向他報仇。

又有一個早上，老公剛洗完澡走出來，還在用浴巾擦自己身體的時候——

忽然，老婆由他的後面走上來，用手大力一抓，抓到他的命根兒，向他說：「如果這裏硬一點的話，我就不必和那個送報紙的睡覺。」

那回事

四歲的小叮噹看到他父親陳先生在房間裏跟菲律賓女傭做愛。等到他媽回家，他把這件事告訴了她。

「豈有此理！」陳太大叫，但壓住怒火，準備好好地教訓她老公。剛好，那晚上陳家請全家的親戚到家裏來吃飯，陳太就準備在大庭廣眾讓陳先生出醜。

「小叮噹，你今天從幼稚園回來後幹些甚麼？」陳太問。

「我放下書包，就爬上樓梯，回到自己的房間囉！」小叮噹說。

「你經過爸爸和媽媽睡覺的地方，看到了誰？」陳太追問。

「看到爸爸和羅麗達在床上。」

「爸爸和羅麗達在床上幹甚麼？」陳太追問。

陳先生全身冷汗，所有的親戚都看着小叮噹。

小叮噹說：「幹媽媽和那送信的叔叔那回事囉。」

賓妹的故事

八婆陳太太家裏有錢，但也捨不得請順德工人，用的是廉價勞工的菲律賓女傭。因為是由介紹所聘請，八婆就橫行霸道，對賓妹諸多挑剔，要求極高，結果一個換了又一個，最新的瑪麗亞手藝和樣貌都不錯，但陳太太向她說：

「妳的菜燒得真難吃，妳的打掃也不乾淨，妳熨的衣服不夠直，妳睡覺時還打鼻鼾，我要炒妳魷魚！」

瑪麗亞哀求：「我好不容易才申請到這裏，菲律賓有個家要等我養，您現在把我換了，我不知道甚麼時候才有工作，請您把我留下吧！」

「放屁，妳滾！」八婆鐵石心腸。

瑪麗亞心有不甘，做出反擊：

「陳太太，妳把我說得一文不值，但是陳先生很欣賞我，他說我的菜燒得比妳好吃，他說我的打掃比妳乾淨，他說我熨的衣服比妳直，他說我睡覺時沒有鼻鼾！」

「有這種事？」八婆說。

「不但如此，我的床上功夫比妳強得多！」瑪麗亞理直氣壯。

「哎呀！這也是陳先生說的？」八婆問。

瑪麗亞懶洋洋地回答：「不是陳先生說的，是司機阿黃說的！」

萬歲的故事

在第二次世界大戰，希特拉命令他的西里安部隊，凡是看到純種的歐洲女人都要把她們幹了，好讓優良的種子傳下。

他的部隊每次做完好事，都要站起來伸出右手，做納粹黨的敬禮，大叫：「在九個月之後，妳便會生出一個德國孩子，希特拉萬歲！」

其中一個兵士去了法國，但說甚麼也不肯像禽獸一樣去強姦女人。不過，他一直被其他的軍人取笑，最後，他鼓起勇氣去試試。

走到一條後巷，他看到一個柔弱的法國少女，就不管三七二十一地上了。完事之後，兵士站起來伸出右手，做納粹黨的敬禮，大叫：「在九個月之後，妳便會生下一個德國孩子，希特拉萬歲！」

少女懶洋洋地說：「在三天之後，你便會得到巴黎的性病，法國萬歲！」

洗衣的故事

屋邨的高樓中，家庭主婦都把洗好的衣服撐出來曬，整座大樓，掛滿萬國旗。

兩個家庭主婦一面掛衣服一面閒聊。

「有一件事真是神奇得不得了。」陳太說。

「妳是在講隔壁的那個林太吧。」王太說。

「是呀。」陳太點頭：「太陽出來那天，林太才曬衣服；下雨的時候，她就在屋內曬，她看天氣，比天文台還準。」

「今天好太陽，等她出來，我們問問她的秘密。」王太說。

「好，好。」陳太同意。

果然，林太出來曬衣服。

陳太和王太異口同聲地問問題。

林太不好意思地笑笑：「事情是這樣的，我一起身，就先看看我老公那根東西，要是那根東西靠左，一定下雨。我就不曬出來了。」

「要是靠右的話，那麼就會出太陽？」陳太急着問。

林太點點頭。

「哇，那麼靈！」王太衝口而出：「那麼，要是你老公那根東西站了起來在中間呢？」

林太懶洋洋地：「要是我老公那根東西站得起來，我還洗甚麼鳥衣服？」

煨番薯的故事

中國農村裏，有個老頭看中了自己的媳婦，每次當她在洗衣服的時候，都從她的後面偷襲。

這媳婦很賢淑，知道公公不過是返老還童，而且這種事也不好告訴她丈夫，只有當公公衝上前來，馬上閃開。

有天，老頭的兒子出遠門，媳婦心想這一次倒是很難脱身，只好去廚房煮了一鍋糯米、再將它搓成一個大糯米團，做好準備。

在洗衣服時，公公看到機會來了，脱了褲子，直衝上來。媳婦即刻把那個熱騰騰的糯米團放在下部，老頭大力插入糯米團，滋的一聲，燙得他大叫而逃。

第二天，老頭躲在樹下，看寶貝兒已經發焦，慢慢地把外皮剝下來。

老頭的孫子走前來看公公在做些甚麼，給老頭趕跑。

小孩子哭哭啼啼地回家。

他媽媽問他哭些甚麼。

他回答：「公公在吃煨番薯，一口也不肯分給我！」

志強和淑貞

志強和淑貞剛剛結婚不久。

有一天，志強回到家裏，看到淑貞抱着一個嬰兒，笑臉迎來。

「這是誰的小孩。」志強一面脱西裝領帶，一面問道。

淑貞冷靜地回答：「你心裏有數，還在裝傻？」

「甚麼？」志強驚訝。

是的，志強的確在裝傻，結婚之前，他和一個舞女鬼混，忽然她告訴他説大了肚子，結果志強只好送一筆錢給她，要她打掉，想不到她是那麼厲害，生了下來，現在還找上門來。糟了，這怎麼辦，這種醜事要如何去和淑貞解釋？

望着那小孩，冷汗開始由志強的額頭流出。

但是，很意外地，淑貞很溫柔地説：「我們已經講好，你不用擔心，我説我們會好好地把孩子養大，對方拿我沒有辦法，不會再有甚麼麻煩的。」

「那，那，那太好了。」志強極度地尷尬和內疚，鬆了一口氣：「但是……」

「孩子是沒有罪的。」淑貞說：

「只要你疼，我也疼，我們好好地把他撫養長大。」

志強感激流涕，拉着淑貞的手：「我真對不起妳，從今以後，我會拼命地賺多一點錢，讓這孩子有個美好的將來。」

淑貞點點頭，大家擁抱。

那嬰兒是多麼的可愛，淑貞餵奶，換尿布，半夜起來抱着他，哄他睡覺，病了更是緊張地整晚不睡要照顧這孩子，簡直當成是自己所生的一樣。

看到這種情形，志強更是抬不起頭，當然不敢再去拈花惹草，變成一個模範丈夫，過看平穩的日子。

孩子漸大，志強看着他，對淑貞說：

「生得真像妳。完全不像我。」

「是我和別的男人生的，當然像我啦。我從來也沒有說過是你的孩子，他不像你是應該。」淑貞冷靜地回答。

諺語

自從葷笑話老頭戴格爾搬到附近來住，我們見面的機會更多了。一大早，我散步經過他的門口，常發現他有意無意地在陽台上等我。唉，這個大玩家，也有寂寞的時候。

我們一塊兒跑到菜市場買東西，一邊走一邊聊天，和他談話的確是件樂事，他的觀點和一般人不同。

「我最喜歡和女人做愛，多多益善。」他總是以這句話為開場白。

「那太太呢？」我問。

「我很愛我的老婆。」戴格爾正色地說：「我從來沒有想過會離開她。請你別把愛情和慾望混在一起。」

「分得開的嗎？」

「根本就是兩回事！」他解釋：「愛要經過長時間考驗，下人生最大的決定；慾是一時的衝動，過後馬上消失。」

「女人可不像你那麼想。」我反對。

「那要看是甚麼女人囉。西方女子比較看得開。西班牙你是去過的，你知道朋友一介紹認識，她們就湊過雙頰讓你吻，又和你握手的時候稍微用力地捏你一把，那就是表示她們今晚肯和你上床。」

我笑着說：「也不是每一個都那樣，這回事是可遇不可求的。」

「當然囉。要是對方不主動表現，而你很喜歡她們的時候，只有採取攻勢！」

「怎麼攻法？」我倒要聽聽他怎麼說。

「通常是約她們去吃飯、跳舞。兩個人擁抱的時候，看她有沒有反應。」

「要是不跳舞呢？」

「喝酒也可以。三杯下肚，話題一多，笑完一輪後把手放在她們的大腿上。如果她們不推開，那就有機會了。」他得意地說。

「說倒容易，做起來便不夠膽。」

「這種東西要訓練的。」戴格爾發表偉論：「失敗了幾次之後，面皮會厚一點。只要對方一沒有意思，馬上放棄。總之，甚麼事都要試一試。試了，成功和失敗是五十五十；不試，機會等於零。」

「就算你順利得手了，但是你不怕疱疹嗎？」我問戴格爾。

「不怕才怪。這種東西沒藥醫的。」

「是呀，那你怎麼能確定對方是乾淨的？」這回戴格爾答不出吧？

他毫不考慮地：「我主張第一次接觸，一定要用套子。開玩笑地把場面弄得輕鬆。比方說：這是法國貨，不是印度產的，印度的不好，妳沒有看到他們不斷地生兒子？或者是其他笑話，總之，不要把對方弄得緊張。」

「但是不是每一個都喜歡用套子的。」我指出。

「是囉。做完好事，躺在床上抽煙休息的時候，通常都能進一步地講真心話，互相詢問對方有沒有毛病也不失禮。我們出來玩的男人多數會保護自己的，你呢？如果你覺得可以相信她們的否定，那你就冒一次險，下一回做便更融洽了。」

「東方女人可不會那麼大膽。」我說。

「這都是給你們的孔夫子害死。依從前的道德水準，男女授受不親，給男人摸一摸腳，甚至被看到了手肘，就要終身嫁給他。現在握手露背已經是常事，但是遺毒還在，不過是摸腳見肘變成了性交。」

「這是強辭奪理。」我不服。

「絕對不是。觀念問題罷了。東方女人可以接受和男人一起打網球，一塊兒游泳。男女雙方有好感，做起來很自然。西方女人認為運動和做愛是一樣的，只是戰場不同罷了。」

「但是還有其他顧慮，和男人睡了一覺，那傢伙一直來死纏爛打，那怎麼辦？」

「任何情形之下，都不承認和他有一手，堅決不聽他的電話，男人最後還是要知難而退的。」

戴格爾回答：「西方女人應付得了，你們為甚麼應付不了？」

「那你能玩，你太太也能玩囉，反正你是個鬼佬，想的東西和我們不一樣。」

我忍不住罵他。

戴格爾笑道：「只許州官放火，不准百姓點燈，鬼佬也有相同的諺語！」

女人的故事

亞當在伊甸園很孤獨。

「到底是怎麼一回事？」上帝問。

「我想要有一個人和我聊聊天。」他說。

「那麼我做一個女人給你吧。」上帝說。

「女人？」亞當沒聽過。「女人是甚麼一種人？」

上帝解釋：「女人可以為你洗衣服、做菜、打掃。晚上，鋪好床單給你睡覺。之後，她會生兒子和女兒。半夜嬰兒哭了，她自己起身照顧，不必麻煩到你。她講話也不會嘮嘮叨叨。如果你們爭吵起來，她一定聽你的意見。這種人從來不說有頭痛，你隨時要的話，她隨時把身體奉獻給你。」

「好呀。」亞當說：「我要付出甚麼代價才找到這種叫女人的人？」

上帝說：「女人要從男人身上的東西做的，我得斬掉你一隻手和一隻腳。」

亞當說：「手腳太重要了，拿掉我一根肋骨吧！」

以後的故事，可以不必再講下去。

蠢八婆的故事

飛機遇到空難，撞進大海，有三個八婆生還，游泳游到一個小島。

在島上，她們找到了一盞神燈，大喜，把它擦一擦，魔神就出現了。

「我給你們一人一個願望。」魔神說。

「我要聰明一點。」第一個八婆說。

轟的一聲，第一個八婆變成公關小姐，她跳進大海，游泳回家。

「我要比她更聰明。」第二個說。

她變一個高級行政人員，用樹木搭成一條船，划着回家。

「我要比她們兩個更聰明。」第三個說。

她變成一個男人，從氹仔過橋走回澳門。

整容的故事

一個中年婦女患了心臟病，醫生替她開刀時，她看到上帝。

「我會死嗎？」女人問。

「不。」上帝說：「你會活多四十年。」

女人病好了，再找了另一個的醫生：「你替我弄高鼻子、做大眼睛，再把臉皮拉一拉。」

「好。」整容醫生說。

「順便把胸部弄大，抽掉肚腩的脂肪，我既然有那麼多年要活，就得裝修裝修。」

一切做好，女人走出醫院，來了一輛大貨車，把她撞死，她見到上帝後大聲責問：「祢不是說我能活多四十年的嗎？」

上帝說：「你是誰？我不認得你！」

孕婦的故事

三個女人在醫院等醫生覆診，都大着肚子。

第一個是弱小的家庭主婦。

第二個是大公司的女強人。

第三個是四肢發達，頭腦簡單的化妝品售貨員。

大家無聊，開始交流。

「我每次做都在下面，會生一個女的吧？」家庭主婦說。

「我每次做都在上面，一定是生一個男的。」女強人說。

化妝品售貨員大叫起來：「糟糕，我想我會生一窩狗仔。」

出生衣的故事

有一個五十多歲的男人，一天在街上走，遇到了他大學的同班同學。

「還沒結婚嗎？」女的問他。

「還沒有。」男的回答：「你呢？」

「也還沒有。」女的說：「有空的話，來家裏坐坐。」

說完，她寫下地址。

約好的那天到了，男的買了一束花，去按門鈴。門一打開，他嚇一跳，那個女的站在門口，身上一絲不掛。

「幹……幹甚麼？」男的一急就患上口吃：「你……你……為甚麼不……不穿衣服？」

「我有穿呀！」那女的說：「我穿的這件是我被生出來時候的衣服。」

那個男的說：「那……那……那也應……應該熨一熨。」

女人心聲

一、問你：「我是不是胖了？」請你不必按照事實回答。我們只愛聽一句話，那就是：「即使你胖得和氣球一樣，我也收貨。」再噁心的謊言，我們都開心。

二、用完馬桶，請將廁板放下。而且，請你瞄準一點。

三、頭髮的長短，是我們的自由，請你們不要長太多頭皮，我們已經滿足。

四、打電話給你，表示我們想你。

五、男人除了足球，能否想其他事。

六、有甚麼運動比逛商場好？

七、女人永遠少一件衣服、少一雙鞋子。這點你們也不懂，算甚麼男人？

八、穿甚麼衣服，是給你面子。

九、你不要面子，我們要。

十、當我們直說，別以為我們命令你。

十一、哭泣，對我們來說，有時是一種憤怒的表現。

十二、如果你們不喜歡翻舊帳，就請別問我們和從前的朋友關係去到甚麼程度。

十三、我們也有性幻想。

十四、別以為整天看電視，就是陪我們。

十五、聽到舊情人的消息，我們當然會想到他們的身體。還是和你在一齊，是一種無奈，而且，我們想舊情人時，你們不會知道。

十六、其實女人比男人寬容得多，當男人罵女人「你怎麼這麼笨？」時，大多數女人會當它是開玩笑：但當女人罵男人「你怎麼這麼笨？」時，男人就受不了。而且這種話，你們絕對不會在三天之內忘記的。

十七、說有事，你們幫得了嗎？

十八、請不要在追到手時就做一百八十度改變，這種行為誰都會有被騙的感覺。

給女人的忠告

一、千萬別幻想你可以改換男性的個性，你只能更換的，是他在做嬰兒時的尿布。

二、當你的男朋友離家出走時，你能做些甚麼？把大門關上，永遠別讓他進來。

三、要找男人，隨便找一個好了，別分年輕的或老的，他們都是一樣，他們不會成熟。

四、所有男人都是一樣，只是臉不同，方便你認出他是張三李四罷了。

五、不必把男人當傻瓜，他們本身已經是一個傻瓜。

六、猶太人的子孫在沙漠浪蕩了四十年，可想而知，甚至在《聖經》的舊時代，男人已經沒有甚麼方向感。

七、有幽默感的女人，不是會說笑話的女人，是聽了男人講話時，笑得出的女人。

八、當你的男上司向你說：「你看來一點也不忙嘛！」你儘管回答：「那是因為我每辦一件事，一辦就辦妥了。」

九、如果男人問你：「你的電話號碼？」你儘管回答：「要是我告訴你，我就要換新號碼了。」

如果男人問你：「你住在哪裏？」你儘管回答：「要是我告訴你，我非搬家不可！」

十、如果男人問你：「你想念我嗎？」你儘管回答：「你不消失，我怎會想念你？」

十一、如果男人要求：「把我的早餐拿到床上來吃。」你儘管回答：「那你去廚房睡覺好了。」

十二、如果男人問你關於書本的事：「你最喜歡看的是哪一部（簿）？」你儘管回答：「支票簿。」

十三、如果要叫男人做一件事，最好的辦法是向他說：「這件事你做不動，你太老了。」

各國女人

美國女人：

第一次約會，在門口親吻道別。

第二次約會，可以在沙發上鬼混。

第三次約會，上床了。但只限神職人員姿式，然後答應會和她結婚，不過通常是說說算數，她們也不會追討責任。

日本女人：

第一次約會，她太怕羞，連門口吻別也不肯。

第二次約會，和她一齊浸溫泉。

第三次約會，和她上床，然後說「沙約納拉」，最後她還是嫁給日本人。

約旦女人：

第一次約會，根本無法吻別，因為她戴面紗。

第二次約會，她提出條件。

第三次約會，和她們結婚，不過要接受割禮；也有好處，可再約多三個其他女人。

印度女人：

第一次約會，只見她父母。

第二次約會，向父母說聘金的數目。

第三次約會，才在婚禮上見到她本人。

韓國女人：

第一次約會，大家吃泡菜金漬。

第二次約會，你可以吻她，要是你忍受得了她口中的大蒜味。

第三次約會，你可以和她上床，要是你忍受得了她身上的大蒜味。

香港女人：

第一次約會，你請她吃鮑魚魚翅，但甚麼都不會發生。

第二次約會，你請她吃龍蝦魚子醬，但甚麼事都不會發生。

第三次約會，你已經知道甚麼事都不會發生，請她到茶餐廳好了。

丈母娘的笑話

一個美國人帶了老婆全家到以色列旅行。途中，丈母娘忽然感到不舒服入院，醫生來不及搶救，一命嗚呼。

後事總要辦的，但怎麼把屍體運回國是一個問題，有種種繁複的手續要辦，最後他看到一家殯儀館，就跑進去詢問。

「你先得去美國大使館填些文件，我們才能幫你運出國。」殯儀館老闆說。

那人跑到美國大使館，參贊見他，向他建議：「你老遠把丈母娘運回去，費用很貴，要花五千美金。這樣吧，你不如把她埋在以色列，只要一百五十美金就搞掂。」

「我不管要花多少，我一定要把她運回美國埋葬。」那人說。

「你一定很愛你的丈母娘。」參贊說。

那人回答：「我聽過很久之前有個人死了，埋在以色列，但三天之後他竟然復活，我不能冒這個險。」

三、男女篇

亞當與夏娃短打

亞當和夏娃第一個晚上相處。

亞當向夏娃說：「站遠一點，我不知道這根東西伸出來有多長！」

亞當問上帝：「為甚麼你會做出那麼漂亮的一個女人？」

上帝回答：「來引起你的興趣呀！」

「為甚麼你又給她那麼一個甜蜜的笑容？」亞當再問。

「你才會愛上她呀！」上帝回答。

「那為甚麼你把她做得那麼笨呢？」亞當沮喪地問。

上帝也嘆了一口氣：「所以她才會嫁給你呀！」

亞當問夏娃：「你愛我嗎？」

夏娃反問：「我有選擇嗎？」

亞當和夏娃做完之後，一個很大的微笑出現在亞當的臉上。望着天，亞當說：「上帝，我還有很多根肋骨，你要不要用？」

亞當和夏娃有一段美滿的婚姻。當然啦，亞當不會老是懷念他媽媽燒的菜，夏娃也不會整天講她從前的男朋友。

其實，蛇引誘夏娃吃蘋果，並不是提起她對性的興趣，真正的對白是：「你吃了便會更漂亮的。」

當上帝製造夏娃，祂給了她一個誘人的身材、一張美麗的臉、厚厚的嘴唇，最後，上帝給了她一根舌頭。

一切，便弄糟了。

上帝做完了亞當，休息了。上帝做完了夏娃，天下男人就沒得休息了。

超速的故事

一個人買了一輛新跑車。

在公路上奔馳，想試一試新車的功能，他把車子駕到一小時八十英哩。愈快愈過癮，他把車子駕到一小時百英哩，一百一十英哩。

這時，他在倒後鏡看到一輛警車追逐近來，一慌張，他駕得更快，一心一意想擺脱那輛警車，但警車還是窮追不捨。

到最後，這個人安靜了下來，把跑車停在路邊，警察脱下黑眼鏡，拿了小冊子走近。

「今天是我的生日，心情特別好。」警察説：「只要你給我一個好理由，我放你走。」

那個人想了一想：「我的老婆在上個禮拜和一個警察私奔了，我還以為你追我，是要把我的老婆還給我。」

警察鞠了一個躬：「你可以走了。」

公主的故事

很久很久之前，有個皇帝。皇帝有個女兒，一位漂亮的公主。

但是皇宮是一個不快樂的地方，到處沒有歡樂，沒有笑容。

問題出在公主身上，任何一件東西，只要經過她摸一摸，就溶掉了。

不管是金屬、木料、塑膠，統統溶掉。

因為這樣，男人都怕了她，沒有人有勇氣娶她做老婆。

皇帝沮喪了：「我怎麼幫我的女兒呢？」

所有的巫師和魔術師都來看過，但沒有解決的辦法。

有個巫師最後說：「如果你女兒摸到一樣東西不溶於手的，她的病就會好的。」

皇帝聽了有一線希望。第二天，他就舉辦了一個比賽。

任何人能夠拿一樣不會溶的東西給公主，皇帝就把公主嫁給他，而且把所有的財產都當嫁妝。

三個王子前來挑戰。

第一個王子拿了一塊銻的合金，他認為合金是天下最硬的東西，但是當公主摸了它一下，即刻溶掉。那個王子失望走了。

第二個王子拿了一顆很大的金剛鑽，他認為金剛鑽是天下最硬的東西，一定不會溶的，但是當公主摸了它一下，即刻溶掉。那個王子失望走了。

第三個王子走前，他向公主說：「把你的手伸進我的褲袋，你就會摸到。」

公主伸手進去一摸，臉紅了。

她摸到很硬的東西，而且沒有溶掉！

全國高興。公主嫁了給他，兩人活得長命百歲。

問題是公主摸到甚麼？

公主摸到的當然是 M&M's 朱古力，它只溶於口，不溶於手。

離婚的故事

葉先生是位公務員，辛辛苦苦為了一對兒女把半生儲蓄花光，供他們到外國去讀書，現在一個在美國，一個在加拿大，兩人都不回香港了。

忽然，有一天大女兒葉莉接到父親的電話：「我和你媽要離婚了！」

「甚麼？」葉莉大叫：「你們已經七老八老，還搞這種事？」

「我忍了你媽五十年，」葉先生說：「已經忍無可忍，她完全變了一個人，整天嘮嘮叨叨，凡事都先想壞的，我在家裏沒有一天寧靜，再這樣下去，我快要給她弄瘋了！」

「弟弟知道這件事嗎？」葉莉急着問。

「我哪有心情打電話給他，你順便通知他一聲吧！」葉先生說。

葉莉收線後即刻撥電話給住在加拿大的弟弟：「老爸說要和阿媽離婚！」

弟弟阿尊笑了出來：「老頭子在外邊有了女人？」

「不，不。」葉莉說：「他是忍受不了阿媽才做這一個決定的。」

「不會吧，老夫老妻，誰不是容忍對方？」阿尊說：「讓我先打個電話給阿爸，把事情了解一下。」

阿尊即刻打電話回香港：「阿爸，有事慢慢解決，不必那麼衝動嘛。」

葉先生聽了大怒：「到現在還說這些風涼話？我才不管那麼多，婚是一定要離的，離不了就去跳樓！」

「阿爸你千萬不要衝動，我和葉莉馬上趕回來，當面解決，我這就打電話給她，我們乘第一班飛機，千萬別輕舉妄動！」阿尊說。

葉先生掛上電話，向太太說：「好了，中秋節他們會回家吃飯，而且不必我們寄飛機票給他們。問題是過年的時候，我們還有甚麼藉口！」

巫婆的故事

亞瑟王年輕的時候被鄰邦俘虜，該國國王開出難題，限他一年之內說出滿意的答案，要不然就要殺死他。

難題是：「女人最想要的是甚麼？」

亞瑟當然不懂，訪問了公主、妓女、教士、智者和小丑，也都不懂。期限快到，亞瑟王接受眾人意見，去找一個巫婆，但她的代價往往是大家付不起的。

巫婆說：「你叫你的武士嘉文娶我做老婆，我就告訴你。」駝背的巫婆口中只剩下一隻牙，還不時發出猥褻的怪聲，又老又醜，亞瑟不忍犧牲老友，拒絕了她。嘉文知道後，反而挺身而出。

巫婆高興極了，告訴亞瑟王：「女人最想要的，是一切由她自己作主！」答案令鄰邦國王滿意，釋放了亞瑟王。

婚禮上，嘉文保持十足的紳士風度，彬彬有禮，反而巫婆儀態盡失，把極情醜惡的一面顯出，令亞瑟王內疚不已。

洞房，嘉文戰戰兢兢走進來。

啊！他發覺躺在床上的，竟然是一位絕世美人。原來巫婆的外表是假的。不過她說：「我只能半天變回自己，半天還是巫婆，你自己挑選吧！」

到底白天帶艷妻給朋友看，還是留着晚上溫存？嘉文非常煩惱，最後他說：「你決定好了，一切由你作主！」

巫婆聽了十分滿意，所以決定整天都以美女的姿態出現來報答。

別以為這個故事是教訓我們怎麼尊重別人，凡事不能單憑外表、要有仁慈的心等等，其實真正的寓意是：無論你身邊的女人是甚麼樣子，聰明或笨拙，其實私底下都是巫婆一個。

而且，對付女人，是她們講甚麼就是甚麼。男人越早投降越好辦。

番薯的故事

有一天，一個人跑到他家的地下室收藏他的新婚禮物，發現有一個很大的皮箱，他試試看打開看看裏面是甚麼東西，但是箱子鎖住。

他把他的太太叫來，問道：「這箱子是不是你的？裏面有甚麼東西？」

「是的。」他老婆說：「一些舊衣服，不重要的。」

三年過後，他去地下室清理一些東西，又看到了那個皮箱。這回兒，他又把他老婆叫來，問道：「到底裏面是甚麼東西？」

「我都說過是些舊衣服嘛。」老婆說。

這次他比較堅持，問到底：「舊衣服也好，打開來看看。」

他老婆說：「結婚這三年來，我一直服侍你，幫你做家務、做三餐，晚上我也盡量讓你快樂，我也不過問你的私事，我的私人東西，也請你別問好不好？」

到他們結婚的紀念日，他把那皮箱從地下室扛上來，向他老婆說：「我們已經結婚二十五年了，不應該有甚麼秘密，你現在可以告訴我到底箱子裏是甚麼東西了吧？」

他老婆又抗議，重複怎麼怎麼對他好的那一番話。

「我才不管這些。」那個人咆哮：「我叫你打開就打開！」

他老婆無奈，拿出鑰匙打開了箱子，裏面有兩千塊錢和三個番薯。

「這到底是怎麼一回事？」那人大叫。

「我只有認了。」他老婆說：「二十五年來，我的確偷過漢子，每次對你不忠，我就把一粒番薯放在箱子裏。」

那人想了一想：「算了算了，那麼那兩千塊錢又是哪裏來的？」

他老婆懶洋洋地說：「每次箱子裏的番薯滿了，我就拿去賣掉呀！」

幪面俠的故事

幪面俠和他的搭檔丹杜睡在沙漠上，望上去，幪面俠問：「你看到了甚麼？」

丹杜說：「我看到無數的星星。」

「這說明些甚麼？」幪面俠問。

「那要看你是從甚麼方面去想。」丹杜意味深遠地解釋：「在天文學上來講，它告訴你天上幾億的星球，我們住的，不過是其中之一。」

「還有呢？」

丹杜說：「哲學上來講，這證明我們是多麼渺小。」

「還有呢？」

丹杜說：「氣候上來講，明天放晴。」

「還有呢？」

丹杜說：「它告訴我，現在是半夜三點半鐘。你到底想說些甚麼，主人？」

幪面俠大喝：「笨蛋，我想說的是我們的營帳被人偷掉了。」

傳真的故事

一個數學教授打了一封傳真給他的老婆：

「親愛的，你自己也知道你是一個五十二歲的女人了。

我有一些需求，你是不能滿足我的。

作為一個太太，我對你其他的事沒有抱怨。我現在正要去半島酒店開房，陪伴着我的是一位十八歲的女助手。

晚上十二點之前我會回家。你的丈夫」

教授到達半島酒店登記時，收到他太太的傳真：

「親愛的，你自己也知道你是一個五十五歲的男人。

當你收到這封傳真時，我已經在君悦酒店開房，陪伴着我的是一個十八歲的健身教練。你是一個數學專家，你應該知道，五十五歲進入十八歲的次數，絕對不會比十八歲進入五十二歲的多，今晚我不回家。你的太太」

電郵的故事

有了電郵，實在方便，但是有時候弄錯了，會鬧出人命，以下是一個例子：

一個住在芝加哥的人，厭倦了冬天那種寒冷的天氣，決定到佛羅利達去曬曬太陽。

本來約好太太的，但她家裏有事，那個人早她一天先前往。

到了酒店，他先用房間的電腦上網，就打了一封電郵給她的老婆。

但是郵址按錯了字，那封電郵寄錯到一個昨天剛死丈夫的女人家裏，她看了一眼，大叫一聲，心臟病發作死去。

電郵上說：「親愛的，我剛抵達。一切為你明日來臨準備好了。下面真是熱得要命。」

燈魔的故事

一個人在沙灘上散步，忽然，他踏到一盞油燈。這種故事發展下去，一定是他擦了擦神燈，燈中跑出一個燈魔。

「我會實現你的三個願望。」燈魔說：「不過這次有點不一樣，你要求的東西，你的老婆會得到多一倍。」

這個人好生懊惱，因為他正和太太辦離婚手續，為了贍養費的問題，頭痛到極點，先要點錢再說。

「我要一億！」他向燈魔要求。

「好。」燈魔說完，一億元就呈現在這人的眼前。

「我要山頂上的那間大屋！」

「好。」燈魔說。那人已經住進大屋。

「你再說一遍，」那人向燈魔說：「我有了一億，我老婆就有兩億；我有了這間大屋，我老婆就已經擁有兩間這麼大的屋子？」

「對。」燈魔說：「你的第三個要求呢？」

那人懶洋洋地說：「我要你扮成一隻猛鬼，把我嚇個半死！」

日光浴的故事

一對夫婦，先生思想開放，太太保守，兩人一起到峇里島去度假。酒店外就是白色沙灘，一望無際，先生脱光了衣服，正想去曬太陽。

「怎麼行？」太太説：「還是穿回游泳褲吧。」

「不要緊的，這是酒店的私人沙灘，每一間房間都有一小塊地，外面有籬笆圍起來，其他房間的人也是脱光衣服曬太陽的。」那丈夫説：「你也來吧！」

「萬一呢？」老婆説：「萬一我脱光了給人家看到，他們會説些甚麼？」

先生懶洋洋地回答：「他們會説我娶你，是為了你的錢。」

暈船的故事

老王和他太太結婚了三十年。

有一天，他老婆說：「我們不如乘郵輪去度假一個禮拜，像我們年輕時一樣，每天瘋狂地做愛！」

這個主意不錯，但是老王有個毛病，就是會暈船，他老婆說吃散利痛就會好。老王穿好衣服，走到街坊的藥房，買了三包三個裝的避孕袋和一排散利痛。

回到家裏，他老婆改變主意，說不如去兩個禮拜。

老王也認為好，又到藥房買六包避孕套和兩排散利痛。

但他老婆又說孩子大了，不必去管他們，不如一去就去整個月，老王又去買更多的套子和頭痛藥。

街坊藥店的老闆向他說：「王先生，我們認識三十年了，我不是多嘴，如果這件事讓你不舒服的話，做來幹嘛？」

伏特加的故事

共產黨瓦解後，蘇俄的人民都很窮，窮到買他們最喜歡喝的伏特加的錢也沒有。

這時候，一個俄國人在沙灘上散步，踏到一盞神燈。燈魔跑出來，說這次只給他一個願望。那俄國人當然要求不斷的伏特加供應，有甚麼好過把自己的小便變成伏特加？

「好，我答應你。」燈魔說。

果然，他回家後，一想到喝伏特加，就做那件事，聞了一下，和真的酒同一個味道；喝了一口，和真的酒那麼好喝。

他拿出兩個酒杯把女朋友叫來試一試，女朋友喝了一口，真是那麼神奇。

兩人連續喝了五晚，到了週末，那俄國人拿出一個酒杯。

「怎麼只有一個酒杯？」女朋友問。

俄國人懶洋洋地說：「今晚，我用杯子喝，你吹喇叭。」

名字的故事

一個女人每一次和男人睡覺之前，她都問：「我們叫小孩甚麼名字好呢？」男的咆哮根本不喜歡有小孩，說完走了。

第二個她遇到的男人也說不喜歡有小孩子走了。

第三個是個急性的。

「我們叫小孩子甚麼名字好呢？」女的問，男的不回答，繼續做他要做的事。

最後做完了，男的把避孕袋拿出來，打一個死結，望着它，向那女的說：「如果他逃得出來，我們就叫他大衛．考伯菲爾好了。」

不同

男人和女人，完全是兩個不同的動物：

一、我們男人用電話，最多三分鐘就把事情講完。

二、出門三天，最多一個包箱就夠，拿出或收拾衣服，都只要十多分鐘。

三、不怕髮型屋或纖體院來搶我們的荷包，化妝品省下的錢，更是無數。

四、我們的老朋友根本不管你有多胖，他們不會叫你減肥。

五、姓甚麼就姓甚麼，前面不必加另外一個人的姓。

六、我們晚上睡覺的樣子，和我們翌日起身的樣子，都是一樣的。

七、我們穿來穿去，都是那幾件衣服，那三對鞋，我們也不想指揮別人穿甚麼。

八、我們不管穿甚麼，都可以把腳打開坐。絕對不會失儀態。

九、公司裏有同事在你背後説壞話，你可以一笑置之。

十、參加一個派對，看到別的男人和我們穿一模一樣的衣服，我們不會介意。

十一、我們坐在車後，絕對不會叫駕車的朋友轉左轉右。
十二、我們想甚麼就講甚麼，不會假裝説這一切都是為你好。
十三、老朋友帶甚麼女人上街，我們不會批評她們的美醜。
十四、我們不會勸告朋友説，你要保持冷靜，千萬別做事，尤其是那回事。
十五、男人不需要感情就可以做那件事。
十六、很可惜的是，我們一天最多也只能做十多次。
十七、我們可以用小便在雪地上寫字。
十八、男人每次高潮，都假不了，而且在精蟲倍數上，比女人多出幾百萬幾千萬倍來。

電腦的性別

一個教法文的老師向她的學生解釋，法文和英文不同，法文之中，名詞有雄性和雌性之分。譬如說：屋子 house，在法文是雌性，唸成 la maison。鉛筆 pencil，在法文是雄性 le crayon。

一個學生摸不着頭腦，問道：「那麼電腦 computer，應該是雄性或雌性呢？」

這一下子可把老師給問倒了，這個字很新，字典中查不出到底應該是雌或是雄。

結果老師決定開一個研討大會，把男同學分在一邊，女同學分在另一邊。

「你們各想出四個不同的理由，決定電腦是雌還是雄？」老師說。

男子那方面所提出的是電腦應該是雌性，叫為 la computer，理由如下：

一、沒有人想得通電腦的邏輯，根本不能理喻，和女人一樣。

二、電腦的文字，大家都看得懂，但是意思卻完全不懂。這和女人的長篇大論，又不知道她們想要說甚麼一樣。

三、如果用電腦的人，犯了一丁點的錯誤，電腦必定牢牢記住，到時候會出來和你算賬，這種個性，又與女人符合。

四、你一買一台電腦，下半輩子就要把錢花在零件上來養它。

女人方面，認為應該是雄性，le computer：

一、要引起男人的注意，先得逗逗他們，這和開動電腦，是一樣的。

二、他們會供應很多資料，多數沒用。

三、他們會幫你解決問題，但是他們本身就是問題。

四、買了一台電腦，你就會知道：多等一會兒，一定有一款更新更好的出現。

結果，女方得勝。

婚姻名言

結婚像和一群朋友上餐廳吃飯一樣，你點你喜歡的菜，你再看其他人要些甚麼，後悔為甚麼不叫和他們同樣的菜。

「爸爸，結婚要花多少錢？」小兒子問。

「我不知道。」他父親抓抓頭皮：「我到現在還沒付完呢。」

「爸爸，以前的男人盲婚，娶了老婆之後才了解她是怎樣的一個人嗎？」

父親回答：「現在也是的。」

「我不知道甚麼是幸福，直到我結婚。」男人常說：「但是已經太遲。」

一個完美的婚姻，應該有收穫和付出。

說得一點也不錯：女人拼命收穫，男人拼命付出。

一個寡佬在報紙上登了一則廣告，說：「我要一個老婆。」第二天他收到幾百封信，都說：「你要老婆？我把我那個給你。」

第一年結婚，老婆聽老公說話。第二年，老公閉嘴，聽老婆說話。第三年，他們同聲說話，鄰居聽。

吵完架，老婆說：「我當年嫁給你，實在是白癡一個。」老公說：「當年我愛你，也沒發現。」

一個剛結婚的男人，整天笑，我們知道為甚麼。一個結婚二十年的男人，還是整天笑，我們都問：「為甚麼？」

男女之間的智慧

一個男人會花兩塊錢去買一件只值得一塊錢的東西，女人罵他蠢。

一個女人會花一塊錢買到一件價值兩塊錢的東西，男人指出：這件東西女人買下來後就丟在一邊，從來也不去用它。

一個女人會擔心自己的前途，直到她嫁了一個老公。

一個男人不會擔心自己的前途，直到他娶了一個老婆。

和一個男人過幸福的生活，需要很了解這個男人，愛他只要愛一點點就夠。

和一個女人過幸福生活，需要全部時間去愛她。完全不了解她，生活更加愉快。

一個女人嫁給一個男人，希望他改變，但他不會改變。

一個男人娶了一個女人，希望她不會改變，但是她一定改變。

吵起架來，最後一句一定是女人說的。

要是男人搶了最後一句，新的一場吵架又將開始。

女人，你想要甚麼就說出來吧！

輕描淡寫的暗示，男人是不會懂得，強烈一點的暗示，男人也不會懂，更明顯的暗示也沒用，要甚麼就說出來吧！

哥倫布發現新大陸，不是女人指示他方向，所以男人駕車的時候，請女人閉嘴！

男人穿來穿去，都是那兩、三雙鞋子，他們怎麼知道女人那三、四十雙中，哪一對最能襯你的衣服呢？

愛情信箱

美國有一個很多讀者的愛情信箱叫 Dear Abby，看到一則讀者來信，甚有趣，試譯如次：

Dear Abby：

我和我的女朋友訂婚，已差不多一年了。

我們下個月要結婚。

我的未來丈母娘不但非常漂亮，而且很能幹和體貼。

婚禮的一切，都是她安排的。

有一天，她叫我過去她的家，說要和我商量邀請客人的名單，因為人數越來越多，我們一定要作出選擇。

我當然去了。在她家裏，我們嘗試把客人名單減到一百個左右……

忽然，她把我推倒在床上，她說我下個月就要變成她的女婿，就不能幹壞事了，不如趁現在大家來一下。

說完之後，她站了上來，指着門口：「如果你不想的話，大門開着，你隨時可以離開，當成沒有這回事發生。」

我遲疑了五分鐘，不知道怎麼處理這件事，最後我作了決定，我衝出了大門。在外面，我看到她的丈夫，我未來的岳父站在汽車旁邊。

他微笑說：「我們把女兒嫁給你之前，一定要試探你的人格，你現在通過你的測試了，我恭喜你。我和我的太太都會很放心地把女兒交到你手中。」

說完，他伸出手來給我握住。

Dear Abby，我現在寫信給你，要聽聽你的意見。

我是否應該把整件事的過程，告訴我的未婚妻呢？這到底是損害我的尊嚴嘛。

或者，我應該隱瞞事實，不告訴我的未婚妻說，我衝出去，是為了想到七十一買一個保險套呢？

一

下午，剛下過雨，路濕，反射陽光。

一輛腳踏車上，載着一個年輕人，他的女朋友騎在後面，雙手抱著他的腰。

「你會愛我多久？」女孩子問。

怎麼回答呢？女人的這種問題，永遠給不到她們一個滿意的答案。

「給你一個説甜言蜜語的機會。」女孩子慫恿他。「你説呀！你説呀！」

男的考慮了一下，終於舉起手，做一個「一」的手勢。

「一輩子？」女孩子快樂地問。

男的笑笑，不回答，路口的交通燈轉綠，他繼續往前騎去。

「一天？」女孩子不悦地問。

他們已認識了兩個月，談情説愛也當然不止這個數目。男的沒有出聲，只是微笑地搖搖頭，表示答案不對。

「不會是一剎那吧？」女的追問。

男的輕輕撫摸著她的面頰，還是搖搖頭，繼續上路。

「那麼是一年了。」女孩子記得他有過叫她等待一年的承諾。一年後畢業，大家都可以找事情做，再結婚。

但是男的照樣搖頭。

「一百年吧！愛我一百年！」女的大叫出來，幸福地。

男的還是沒有出聲。

「你說話呀！」女孩子氣惱：「你不說話我也不會把你當啞巴！」

男的終於把腳踏車煞住，用手勢做出一個「一」字，向女的說：「一直到你不愛我的一天。」

四、情色篇

酋長的故事

一個沙地亞拉伯的酋長跑去台灣投資。這個人和普通的好吃懶惰酋長不一樣，比較肯學東西，所以會用單字的中國語。

這一次赴台，他終於遇見一個他畢生最喜歡的女人——歌星葉花花。

酋長當晚聽完葉花花的表演後就不停地打電話給她，葉聽說是個亞拉伯鬼，不去理睬。

最後，葉花花的母親説：「人家很有誠意，也很有錢，妳就勉為其難和他出去一次吧。」

葉花花勉強地答應，見到酋長後，她打定主意要讓酋長知難而退。

「我要西門町店裏一顆最大的鑽石。」葉花花説。

酋長回答：「我送。」

「我要陽明山上那棟最大的房子。」

酋長回答：「我買。」

房。

葉花花不知所措，她要的東西酋長都答應，只好陪着酋長回他住的總統套

當酋長把褲子脱掉的時候，葉花花尖叫：「啊，你那東西太長了！」

酋長回答：「我剪。」

土族青年的故事

黑龍江的森林裏住了一族土人。

土族青年跑去找族長：「我長大了。我要一個女人。」

「你有經驗嗎？」族長問。

「沒有。」青年回答：「我去哪裏學呢？」

「你到森林裏去吧。」族長吩咐：「找一棵有個洞的大樹練習練習，兩個星期後再來找我，我給你一個女人！」

青年聽後點點頭。按照族長的指示，找到了一棵有洞的樹，練習了足足兩個星期，再回去找族長。

「你有了經驗嗎？」族長問。

青年拼命地點頭。

「好，」族長説完叫一個少女前來，向她説：「阿花，來，這個小子對女人沒有經驗，你要好好照顧他。」

阿花嬌羞地點點頭，青年看到阿花那麼美，呆住了。阿花笑起來，拉住他的手，往她家裏跑去。

到了阿花家，阿花關上門，脫了衣服，彎下腰來，想不到青年衝了過去，用腳大力踢了她的屁股。

「你這個天殺的，你踢我幹甚麼？」阿花大罵。

「你以為我真的那麼傻嗎？」青年回答：「我當然要查一查洞裏有沒有蜜蜂！」

有情飲水飽

有一對青梅竹馬的男女，緣份不夠，長大了你婚我嫁，各自有了家庭。幾年後，他們都成為社會名流，在一個場合中相見，舊情復發，相約去幽會。到哪裏去呢？甚麼地方都會遇到熟人，兩人商量了老半天，結果決定跑去大陸的鄉下，這才絕對不會被人發現。

他們由香港乘直通車到了廣州，再轉交通工具去到番禺附近的一個小鄉村，那裏只有一戶農家住着，這可安全了吧。

農夫家不夠大，他們就借住到穀倉裏，不管三七二十一地幹了起來。

「為甚麼你要我戴保險套呢？」男的問女的。

「我丈夫紮了輸精管，我們更得小心。」女的回答。

男的無奈，穿上雨衣又來個三百回合。

過了三天三夜，鄉下人好心，叫道：「你們兩個一定肚子餓了，我準備了早餐，請出來吃吧！」

「謝謝你，不用了，我們有情飲水飽！」男的回答。

農夫大怒：「喝水就喝水，可是別把用過的水袋丟出來，我的雞鴨都被它們鯁死了！」

修車的故事

阿森和阿玲初嚐禁果，越來越覺得好玩。

一晚，他們駕車到郊外，在高速公路上，兩人摸來摸去，情不自禁。阿森已經忍不住了，向阿玲說：「我們把車子停到路邊，先來一下吧！」

「不行！不行，其他車子經過，車頭燈照着，會看到我們做些甚麼事的！」阿玲抗議。

「那要怎麼辦？」阿森急了起來。

「我們不如把車子駕到山坡上才來吧。」阿玲反而冷靜和聰明。阿森大喜，即刻照她的吩附去做。

把車駕到山坡之後，阿森馬上要脱阿玲的衣服，但阿玲還是不肯，最後阿森説：「我們爬進車底去做，把腳伸在外面，如果有人來的話，我就説我在修理汽車的死氣喉，這麼一來，萬事無憂。」

「好吧。」阿玲只有答應。

兩人拼命地擠進車底，開始做愛。做到一半，忽然，阿森發現了有人在踢他的腳。

「喂。你在幹些甚麼？」一個交通警員大喝。

「在修理車子的死氣喉呀！」阿森急忙回答。

交通警懶洋洋地說：

「你在修理死氣喉之前，應該先修理煞車掣，你的車子已經滑到山下去了！」

交通警察的故事

葷笑話老頭有次在高速公路上駕車飛奔，給一個交通警察抓住了。

那天，老頭喝了酒，和交通警察吵了起來，結果他被告了飛車罪和醉後駕駛。

老頭不甘心，跑去把那交通警察的老婆勾引了。

結果被發覺，那交通警察對他的仇恨更深，每次看到他的車子，不管是不是犯法，照樣抄他的牌。老頭對所有的交通警察更是恨之入骨。

一天他被邀請去參加一個酒會。有那麼巧又那麼巧，那是交通警察的年尾祝慶大會，所以老頭準備了一篇故事給他們聽：

有一個人在車子後庭和他的女朋友做愛，剛好一個交通警察走過，他敲敲玻璃窗，大喝：「你們兩人在那裏幹甚麼？」

那個人把玻璃窗絞下，向交通警察說：「我在玩我的女朋友。」

交通警察看到那個女人身材極好，又長得非常漂亮，已經有點忍不住，解開褲頭，向那人說：「我可以告你們阻礙交通。但我也可以放你們走，除非下一個輪到我！」

那人懶洋洋地說：「好吧，我從來沒試過交通警察，這次可以試試。」

古董收藏家

董笑話老頭的好朋友張先生，是個地產大王，他還很自豪地說：「除了地產，我還是個收藏家，所有東西，是新，是舊，我一眼就看得出。」

張先生雖說已經七十五，但精力旺盛，常到夜總會去偷吃，有時吃不夠，回到家裏，乘他老婆不在，連菲律賓女傭也照殺不誤。

「不，不，給太太知道了不好！」菲傭瑪麗亞，半推半就說。

「妳不說。她哪會知道？」張先生再次進攻：「而且，她已七十歲了，怎麼還能用呢？」

但是，次數一多，張太太還是曉得了，她開始考慮如何報復。

「瑪麗亞！放妳一天假，你的床，今晚我來睡！」張太太命令，瑪麗亞求之不得，將床給了張太太。

一切依照了想像中進行，張先生到了三更半夜，爬上了瑪麗亞的床，一做就做了兩個鐘頭。

這時，張太太一下子把床頭燈打開。張先生大吃一驚，甚麼話都說不出。

張太太懶洋洋地向她老公說：「這件事證明了兩點：一、你和菲律賓女傭也有一手，可見你的品味極低；二、你根本不懂得甚麼叫古董，新的和舊的，一點都分不出！」

林亞燦死了

葷笑話老頭餘興未了，繼續再講兩個故事。

有一個人去找醫生，要求醫生在他那話兒打石膏。

「這到底是怎麼一回事？」醫生問。

那人說：「事情是這樣的，我到沙灘去租了間小木屋，看到隔壁住着一個很漂亮的女人，身材好得不得了，但是，我從來沒有看過她有男朋友。她游完泳回到小屋，就脱光衣服先洗了澡，然後走出來，把一條香腸插在地板上，便開始自己享受。」

我看了覺得這簡直是暴殄天物，昨晚，我偷偷地爬到她那間小木屋的地板下面去，等她回來，又插上香腸的時候，把香腸換了，將自己那話兒頂了上去。

「那不是太好？」醫生興奮地問。

「起初真的是像上了天堂。」那人說：「但是……」

「但是甚麼？」醫生追問。

「但是，忽然有人敲門，她怕人看到，用腳大力一踢，想把香腸踢到桌子下。」

另一個故事是和葷笑話老頭自己有關的。

昨天他從公司回家，路上看到一個女人大哭大叫。

「到底是怎麼一回事？」老頭問。

「林亞燦死了，林亞燦死了！」那女人一味嘶叫。老頭聽了搖搖頭，繼續上路，但，忽然又聽到另一個女人大叫：「林亞璨死了，林亞燦死了！」

再往前走，看到一大群人圍着，走前一看，是個男人被電車撞倒，車輪壓斷他那話兒，有一呎半長。他從來沒有看過那麼多女人為這件事大哭，都在說：「林亞燦死了，林亞燦死了。」

回到家裏，他告訴他老婆：「我今天看到一件怪事，一個男人被電車壓斷他那話兒，說起來妳不會相信，足足一呎半長。」

「天啊！」他老婆聽了大叫：「林亞燦死了，林亞燦死了！」

超人的故事

超人在空中飛翔。

飛呀，飛呀，他飛過了神奇女俠住的大廈。

用他的X光眼睛一看，哎呀，他看穿了屋頂，看穿了牆，看到了躺在床上的神奇女俠。

神奇女俠一絲不掛，仰臥坐，雙腿分開，好像一陣陣的高潮快要來臨。

超人不敢再看下去，他是一個正義的大英雄，怎麼可以偷看女人。

飛了一圈，神奇女俠的幻影一直留在他的腦中，超人不必用眼睛看，也見到了她。

慾念戰勝了一切，超人最後忍不住了，他飛過神奇女俠的窗口，進入她的臥房。

「打令，我來了，我來了。」超人一面喊一面想脫衣服，但是又找不到電話亭。

他終於九牛二虎地把他那套緊身的藍色內衣脫掉，跳上床，大力地衝進神奇女俠的兩腿之間。

「嚇得妳一跳吧。」超人事後說。

「我倒是沒甚麼。」神奇女俠懶洋洋地：「嚇得一跳的不是我，是隱身俠。」

貼身膏藥

國際電影展的酒會中，又遇到葷笑話老頭積克·戴格爾。

老頭拿着白酒，很風騷地四處鑽，遇到相熟的男性賓客談幾句就溜走，走到不認識的女人前面，就像蒼蠅一樣賴着皮留下。

他必定會在女人面前找機會講葷笑話。因為他曾對我說過，在女人面前講葷笑話，會有意想不到的收穫。

我遠遠望住他，不去打擾，這樣過了很久，我看他幾次搭訕後沒結果，才走上前去：「哈囉，積克。」

戴格爾轉頭，伸手過來給我握，看到他的手貼着幾片撒隆巴斯膏藥。

「怎麼一回事？」我問。

老頭長嘆一聲，說：「有兩個從前的女朋友一起來找我，她們都是到了如狼似虎的年齡，我怕應付不了，便到藥房去買了一些春藥。」

「有效嗎？」我問。

「當然有效。」積克說：「吃了之後我先到旅館去開了一個房間，她們還沒有到達之前，我洗幾個冷水浴也靜不下來。」

我笑道：「那撒隆巴斯應該貼在腰上，不應在手上。」

老頭哭喪着臉回答：

「人算不如天算，我哪知道她們會失約。」

半個

葷笑話老頭是個猶太人，生性相當的孤寒。

他說他年輕的時候在法國生活過一陣子。

有一天，到了一間壁地皆鋪滿紅色天鵝絨的妓院，裏面有十幾個女的，葷笑話老頭看來看去，認為法國妞都已經不新鮮，不如找個膚肌光滑的黑人。

妓院的媽媽生說：「啊，你的眼光真不錯，她是新來的，試過的客人沒有一個不讚好，只是價錢貴一點，要二十塊美金。」

老頭問說有沒有便宜一點的。

媽媽生說其他的法國妞都要十塊，如果要最便宜的，只有她自己上陣，只要五塊。

老頭想了一下，好吧，誰叫你孤寒，五塊照殺了。

二十年後，老頭又回到法國，就那麼巧，在菜市場遇到那個媽媽生，媽媽生也認得他，請老頭回家喝杯咖啡。

嫣媽生把一個二十歲的小伙子叫出來，向他說：「這就是你的爸爸！」
小子一看葷笑話老頭，不屑地：「那麼，我半個猶太人囉。」
葷笑話老頭聽說氣得跳起來，大罵：「要是當年我不是省那十五塊，你就是半個黑鬼！」

特別菜

「這麼久不見，你到底去了哪裏？」我問葷笑話老頭。

「去了西班牙！」他回答：「你也去過，有沒有聽過鬥牛士的笑話？」

「甚麼鬥牛士的笑話？」我問。

葷笑話老頭耐心地說：

這是件真事，發生在我身上，絕對可以相信。

有一天我到一家出名的餐廳，想試試以前沒有吃過的西班牙菜。

忽然，我看到一個侍者捧着一碟東西，上面有兩團肉，足足有兩個沙田柚那麼大。

「給我一客同樣的。」我向侍者說。

「那是特別菜，不是每天有的。」侍者得意地。

「到底是甚麼東西？」我好奇。

「是紅燒睪丸，由今天鬥牛場被殺的公牛挖出來的，你要吃，要等到下個禮拜。」

為了新菜式我甚麼都肯幹，下星期一到，我又回到那家餐廳，侍者終於把他們的特別菜拿出來。

一看，天呀，那道特別菜只有兩顆葡萄那麼小。

「這到底是怎麼一回事？」我抗議。

「對不起，先生。」侍者抱歉地：「你要知道，並非每一次都是鬥牛士鬥贏的。」

小銀包

有人把我叫住，一轉頭，不是葷笑話老頭是誰？

好久沒見到他，要他先給我一個笑話，而且是一個從來沒有人講過的。

葷笑話老頭想了一會兒，說：「你知道回教徒一定要行割禮的。」

割禮由一個巫師實行。有個巫師已經幹了五十年，他每一次割後都把那一小圈皮放進銀包，拿回家裏去。

這麼多年來，他家中已經藏了幾袋子，到他要退休的時候，他決定把這些包皮做成一件有用的東西，便拿去見一個出名的皮匠，向他說：「我現在把材料交給你，你替我造一個可以代表我一生的東西做紀念。」

皮匠回答：「好吧，這是一件有意義的事，我會花腦筋去替你設計，你一個月之後來拿吧。」

一個月過後，巫師又去找皮匠，皮匠很高興地拿出一個小盒子。

巫師打開來一看，是個小銀包。

他有點搞不明白，向皮匠說：「只是這麼的一個銀包？這怎麼能代表我一生的功績？」

「這不是一個普通的小銀包。」皮匠說：「你試試看磨擦它一番，它會變成一個大皮夾的！」

鍋貼的故事

老遠地看到一個人笑臉迎來，啊，不是葷笑話老頭是誰？

「那麼久不見了，快點講一個笑話給我聽！」我說。

老頭微笑：「我去了印度，吃厭了咖哩，就叫了漢堡包，哪知，吃完之後，嘴裏發現了一條毛，彎彎曲曲地，我即刻向領班投訴，要他帶我去見大師傅，到底他怎麼做這個漢堡包。

「走進廚房，我看到一個胖子，他由碎肉機裏拿出兩團肉，在左邊的腋下夾了一夾，就是個漢堡；在右邊的腋下夾了一夾，又是另一個漢堡。

「怪不得我的漢堡裏有毛，我大叫！」葷笑話老頭大叫說：「但是，那個領班要我冷靜，他說你看看我們怎麼做油炸圈餅 Doughnuts，你就不會大驚小怪！

「我們走到廚房的另一角，看見一條大漢，把一團團的麵條插在他兩腿之間，麵團中間有一個洞 Doughnuts，一個做完了又一個！」

「哇！那麼髒！我真的受不了！」我大聲叫。

葷笑話老頭說：「領班聽了，又要我冷靜，說請你見見我們的中國老闆娘，我一看，天呀，她掀起裙子，兩腿一夾又一夾，做出來的是一個個的鍋貼！」

吐羅西喲

十多年前，葷笑話老頭到漢城去玩，他的好朋友申相玉帶他到妓生館去。進來招呼的妓生個個都如花似玉，陪着老頭的那一個更是絕代佳人，她不停地餵老頭吃生人參沾蜜糖、人參燉雞、人參酒糟肉等，盡是催情的食物，弄得老頭的眼睛差點噴出火來。

申相玉又一直灌老頭喝酒，小杯喝完換大杯，大杯喝完換湯碗，一碗碗地乾杯，老頭終於喝醉了。

當晚，申相玉安排老頭睡在妓生館裏，由那位韓國小姐陪他。

朦朧之中，老頭看她脱了衣服，本來覺得她那平坦的胸部，只用布條扎起來，現在解開，是那麼的偉大。

情不自禁地一下把她抱住，韓女大叫：「吐羅西喲！吐羅西喲！」

老頭聽不懂韓語，不知道「吐羅西喲」是甚麼意思，但看見韓女要生要死，這大概是在喊「好嘢！好嘢！」罷了！

第二天，申相玉來接老頭去打高爾夫球，申的球技不錯，一棍子把球打進洞裏。老頭大讚：「吐羅西喲！」

申相玉會講中國話，他奇怪地說：「進錯了洞，我沒有進錯了洞呀！」

賽車手的故事

葷笑話老頭有個朋友是位賽車手。

一天，老頭在路上遇到他，見他被人打得鼻青眼腫。

「到底是怎麼一回事？」老頭問。

「唉，」賽車手搖搖頭，長嘆一聲：「實在是一言難盡。」

「說來聽聽。」老頭好奇。

「事情是這樣的，」賽車手說：「我們去澳門賽車，贏了獎之後，有一個漂亮得不得了的女人衝上前來給我一個又長又濕的吻。」

「這太令人羨慕了，你們才有這種福氣。」老頭說。

「好戲還在後頭，」賽車手繼續，「當晚，我就請她吃飯，喝了酒，大家高興，就把她帶回自己的房間，她靜靜地跟來。

「一切，都是那麼美滿，我們做了一場熱烈的愛。但是，你知道我有說夢話的習慣。她後來告訴我說，當我在熟睡時摸她的胸部，讚美道：這雙車頭燈好亮。

「她又說我再摸到她的屁股，讚美道：這輛車的車尾好圓。

「最後，她說我摸到她兩腿的中間，失魂地大叫：糟糕，我忘記關車房的門！」

天堂的故事

葷笑話中，都有一個上天堂的故事。

三個人死了，上了天堂。

在珍珠大門，聖彼得說：「你們進入天堂之前，我們會送你們一人一輛交通工具，方便來往。交通工具的好壞，要看你們在世的時候對你們的老婆忠不忠心。」

聖彼得解釋完後，問第一個人說：「你對你太太好嗎？」

「是的，我對她很好，」第一個人回答：「我從來沒有做過甚麼對不起她的事。從我們第一天結婚到我死去，我從來沒有和其他女人睡過覺。我是深深地愛着我太太的。」

「為了表揚你的忠心，」聖彼得說：「我現在把那輛勞斯萊斯的車匙交給你。」

第一個人高興極了。聖彼得向第二個男人說：「你呢？你又對你太太如何？」

「事情是這樣的，」第二個男人有點尷尬地說：「我非得承認不可，在我很年輕的時候，我曾經偷情過兩次，但是做完了我很後悔，我發誓要對我的太太更好，所以從此也就沒有碰過別的女人。」

聖彼得聽了向第二個男人說：「你知錯能改，好，我就給你一輛三菱房車吧。」

聖彼得把車匙交給第二個男人之後，轉身對着最後一個：「輪到你了，你說說來聽！」

第三個男人嘆了一口氣：「聖彼得，我一有機會就要找女人，我的整段婚姻生活之中，沒有一個禮拜我不去和別人睡覺的。但是我必須聲明，我心中還是很愛我的老婆。」

聖彼得同情地：「你還算有點良心，好吧，我把這個給你。」

說完，聖彼得交給第三個男人一輛腳踏車。

天堂之門打開，三個人進去。

過了一陣子，踏腳車的男人在路上遇到駕勞斯萊斯的男人，駕勞斯萊斯的男人大聲嚎哭，踏腳車的好奇地問：「喂，你怎麼啦，你有這輛這麼漂亮的車，還哭些甚麼？」

駕勞斯萊斯的男人說：「好車有甚麼用，我剛才看到我老婆，她踩的是雪屐。」

推銷員的故事

葷笑話老頭有個朋友是幹推銷員的，城市裏的競爭太厲害，他只有跑到鄉下去做生意。

有一天，他趕不到巴士，只有在當地過一夜，但是又沒有旅館，看見一間農場，向農夫說：「你租一間房間給我吧！我願意付錢。」

農夫說：「我的房子也很小，沒有空房讓給你。不過你可以到我女兒房間去睡，但是你一定要答應我一件事。」

「甚麼事？」推銷員問。

「你千萬不可以去碰她。」農夫認真地。

「好吧。」他說。

吃過一頓豐富的晚餐後。農夫帶他到他女兒的房間，推銷員脫了衣服，倒上床後，他忍不住地抱着她的身體。

第二天，他要付賬。

「收你二十塊錢好了。」農夫說：「你既然已經和她睡過了。」

推銷員把錢交給農夫，抱怨地：「你的女兒可真冷淡。」

農夫點點頭：「我知道，我們今天一早就會把她放進棺材埋葬。」

孤寒

通貨膨脹，葷笑話老頭的鄉下窮朋友都要省吃儉用。

其中有個叫馬克的向他老婆露絲說：「我想出了一個省錢的辦法！」

「甚麼辦法？」他老婆問。

「我每一次和妳上床，我把一塊錢放進妳的撲滿裏，妳說好不好？」老公說。

幾個星期後，他們決定把撲滿打破，拿錢出來去餐廳吃一頓好的。

敲碎錢罌後，裏面倒出很多一塊錢硬幣，其中也有好幾個五塊錢的銅板。

「那些五塊錢是哪裏來的？我每次都只給一塊！」丈夫說。

太太懶洋洋地回答：「你以為每一個人都像你那麼孤寒的嗎？」

經理人的故事

葷笑話老頭的朋友中，也有的是做電影明星的經理人的，這是他們的故事：

一個很漂亮的女明星的經理人，有天發現原來這個明星到外地登台，一定陪人家睡覺，而且每次只收一千塊錢。

那個經理人的心裏其實已經老早想和她上床，做夢也沒有想到要到手是那麼容易，結果他終於開口，告訴她一直是覺得她很性感，要是能和她來一次，那就太好了。

女明星點點頭：「好，我就答應你吧。不過先小人後君子，你要的話也和別人一樣，照樣要給一千。」

經理人抓抓頭，想了一回兒，問道：「那我要抽的十巴仙，可以不可以當成折扣？」

「不行，」她說：「要給我給全價，不然會破壞規矩的！」

那個經理人聽了老大不願意，但最後只好答應。

當晚她表演完後，經理人就把她帶回家。

她開始脱衣服，但是覺得和他太熟，有點不好意思，就叫經理人把燈關小一點後，兩人上床。

睡到半夜一點，她醒了，經理人又是瘋狂地和她做愛。

做完疲倦，她又再睡一回兒，可是經理人沒有放過她，又來了一下。

女明星開始對她的經理人刮目相看：「我真的想不到你的功夫是那麼好！有你來做我的經理人實在是我的運氣！」

「我不是你的經理人。」睡在她旁邊的男人説：「你的經理人仍然在門口賣票。」

中國男朋友

葷笑話老頭到巴黎去玩，他有一個朋友是中國人，講了一個故事給他聽。

話説這個中國人有一個南斯拉夫女朋友叫丹娜，也在巴黎學畫畫。

有一天，丹娜和兩個法國同學在洗手間裏面八卦，講的當然是男人的事。

「我的中國男朋友真是了不起，我們做愛的時候他總是由我的耳朵摸到我的胸部！」丹娜説。

「這有甚麼了不起？」法國女人不屑：「我們的法國男人都會。」

「還有呢，他摸完我上面，又摸我的下面。」丹娜説。

「這有甚麼了不起？」法國女人不屑：「我們的法國男人都會。」

「還有呢，他摸完了前面後，又摸我的後面。」丹娜説。

「這有甚麼了不起？」法國女人不屑：「我們的法國男人都會。」

丹娜懶洋洋地問道：「妳們的法國男朋友，用的是不是一雙筷子？」

玩熊者

輩笑話老頭說他年紀已大，一定要將所有的笑話講給我聽，以有記錄。最喜歡的故事，有「玩熊者」一篇。

蘇聯人自古以來，對玩熊的玩意兒有很長的歷史和傳統，馬戲班中，以熊來耍雜技的屢見不鮮。

其中一個藝人很嚮往獨立和自由，就帶了熊脱離馬戲團到各地去表演，起初他們很受當地人歡迎，但是每天都是同樣的節目，熊打韆鞦、熊裝死人、熊站在球上滾，大家都看厭了。玩熊者只好帶着他的伙伴，由一個地方轉到另外一個地方去掙口飯吃。

大城市表演完後，淪落到小鄉村，無盡頭的旅程。

一天，他們趕路，途中忽然下起大雪，夜已漸深，去哪裏找旅館？

遠處，玩熊者看到一個荒廢的糧倉，就帶了那隻熊跑進裏面，大家蓋了些稻草，就在那兒過一晚。

睡到半夜，忽然，碰的一聲，大門打開，玩熊者驚醒，看見衝進來的，是一個鄉婦。

她向玩熊者說：「這位大爺，下雪我找不到地方，又沒錢去住旅館，你們可以不可以讓我在這裏睡？」

玩熊者聳聳肩：「這地方本來就不是我們的，妳要住就住吧。」

鄉女千聲道謝，就地而睡。

雞啼，天明。

玩熊者起身，陽光射在鄉女身上，天氣已經溫暖，鄉女身上沒蓋着東西，可能是熱了，她把她的裙子掀高，露出她那雙雪白的大腿，她高聳和豐滿的胸部，輕輕地起伏。

天，這是多麼美麗的一剎那，玩熊者上路多時，久未近女色，這種光景之下，他哪裏忍得住，不管三七二十一，他擠上她身上，進入了她的體內。

完事後，鄉女羞澀地整理頭髮。

玩熊者看着她那天真無邪的面孔，真是過意不去，伸手進褲袋，掏出一個銅板，向她說：「我也只是個賣藝的，日子不好過，我只剩下這個兩毛五，請妳把它收下吧！」

鄉女聽他說完，收了錢，眼眶漸紅，感動下淚。

玩熊者詫異，問說：「你為甚麼哭？」

鄉女長嘆一聲：「唉。這個世界上，總是窮人同情窮人。你那個穿皮大衣的朋友，昨晚幹了三次，一個子兒都不給。」

葛培理的故事

傳教士葛培理在許多地方傳教，輪到賭城拉斯維加斯的時候，教會中人士警告說：「呀，那是一個罪惡之城！」

葛培理說：「越是罪惡，越要前往！」

教會人士拗不過他，為他安排了一個集會，葛培理向群眾說：「姐妹們！我聽人家說你們很濫交，連一個處女也沒有，我不相信這種謠言，要是妳是處女的話，請站起來！」

全場所有的女人，一動也不動。

「謙虛是件好事，」葛培理說：「我知道妳們不好意思在公眾場合認處女，請儘管站起來好了！上帝會諒解的！」還是沒有女人站起來。

「妳們怎麼啦？不可能都和男人睡過覺吧？」葛培理氣憤地叫：「是處女的站起來！這是上帝的命令！」

終於，在人群中，有一少女，手抱嬰兒，漲紅着臉，站起來。

葛培理氣得快要爆炸，大聲向少女喊：「我是說，要是『處女』，才站起來！妳生了小孩還認甚麼處女！」

少女懶洋洋地問：「六個月大的小女孩，自己怎麼會站起來？」

新婚夫婦的故事

韓國新興宗教的主腦文鮮明，最喜歡替教徒們舉行團體結婚。一次，他租了一艘豪華遊船，讓百多對新人度蜜月。

文鮮明選了三對完全沒有性經驗的夫婦做調查的對象，在結婚的第一個晚上，文鮮明到他們的房門外去偷聽，看他們講些甚麼。

第一對夫婦的房間外，文鮮明聽到新娘的哭聲；第二對夫婦的房間外，文鮮明聽到了新娘笑聲；第三對夫婦的房間外，文鮮明甚麼也聽不到。

翌日，文鮮明召見了那三個新婚太太。

文鮮明問第一對的新娘說：「昨天晚上我聽到妳在哭，妳到底哭些甚麼？」

第一對的新娘說：「我從來沒有做過這些事，痛得要死，當然哭出來囉！」

文鮮明又問第二對的新娘說：「昨天晚上我聽到妳在笑，妳到底笑些甚麼？」

第二對的新娘說：「我從來沒有做過這些事，第一次看到我老公的東西那麼小，當然笑出來囉！」

文鮮明再問第三對的新娘為甚麼不出聲。

第三對的新娘說：「他媽的，如果有一根東西頂在你嘴，你還能出甚麼聲呢？」

黃瓜、海參、命根兒

黃瓜、海參、男人的命根兒三個傢伙聚在一起聊天。

「我們的形狀長得很像，真是可以做好兄弟。」黃瓜說。

「何止樣子像，功能也一樣，都是被人類吃的。」海參說。

「但是，人類對我們一點也不好。」命根兒嘆了一口氣。

「對，對。」黃瓜和海參都點頭：「他媽的，天下最討厭的就是人類。」

黃瓜和海參開始訴苦。

「我真的不想做黃瓜了，人類把我養得又長、又胖、又多汁；然後他們把我摘了下來，刨光了我的皮，最後還把我切成一片片地吃掉。」黃瓜說。

海參說：「你的命比我好，他們把我從海底抓出來，把我曬乾，又將我泡在熱水中讓我膨脹，最後還又煎、又炒、又紅燒，才把我吞進肚裏。」

「你們這點小事算得了甚麼？」命根兒說：「他們也把我養得又長、又肥、又多汁，弄個樹膠袋套在我頭上，叫我在一個又腥又臭的洞裏進進出出，最後還要逼我把肚子裏的東西吐出來才肯罷休。」

雞和蛋的故事

雞和蛋坐在一齊聊天。

「你和我，是誰先有，」雞說：「這已經是個老問題，我們不必吵了。」

「唉，」蛋嘆了一口氣：「不管是哪一個先生出來，永遠是一個謎語。但是，要爭論的話，我的命是比你更苦的。」

「哪裏，」雞說：「我的命苦過你。」

「不，」蛋反臉：「我的命才更苦。」兩隻東西又是吵得面紅耳赤。

有一個人走過，雞和蛋都叫他來評評理。

雞向人說：「我每天要睡遲一點都不可以，一大早就要搏命地啼。我們一生做愛不到幾次，而且每次都只有那幾秒鐘。你們人類專門吃我們還不算，把甚麼壞事都算在我們頭上，做妓女的叫雞，男人的生殖器也叫雞巴，走後門又叫雞姦，那你說我們的命苦不苦！」

「的確很苦，那麼你呢，」人聽了之後向蛋說：「你也說說看。」

「那算得了甚麼！」蛋懶洋洋地：「壞蛋、王八蛋都是我們。我要被滾水煮到十一分鐘才硬得起來，但又不能做愛。你説我們的命是不是更苦？而且，我們一生之中能夠看得到女人的那個東西，只是我們的老母！」

番茄醬的故事

兩個在教會學校唸書的女孩，一起談論性的問題。

瑪麗說：「我很苦惱。」

「說給我聽聽。」海倫比較有經驗。

「我認識了一個男孩子，第一次約會，他就要和我上床，我當然不肯。後來他又要我去吻他那話兒，我當然也不肯了，最後，他還說，至少替他用手。」瑪麗說。

「他有權力要求，妳也有權力拒絕。妳不肯，又煩惱，我相信妳很矛盾，妳心裏是有點喜歡他是不是？」

瑪麗點頭。海倫說：「上床是不應該的，親他那話兒也太過份，但是替他用手解決，倒沒有甚麼損失。」

「是嗎？」瑪麗大喜，但又憂鬱起來。

「幹甚麼？」海倫問。「我從來沒有做過這回兒事，怎麼辦？」

「很簡單，妳用一瓶番茄醬練習練習吧。」海倫說。

第二天晚上瑪麗和男友出街，他又提出要求。「上床？」瑪麗搖頭。「用嘴？」瑪麗搖頭。

「用手？」瑪麗點頭。男友大喜，馬上把褲子脱下來。瑪麗左手抓他那話兒，右手大力拍下去！

聖誕葷笑話

在尖沙咀街頭匆匆地遇到葷笑話老頭，他手上大包小包的禮物，問他說：「是不是送給你世界各地的女兒、兒子，或是孫子？」

老頭在我頭上打了一下：「你永遠沒正經。」

我笑着：「聖誕節，你講個聖誕笑話給我聽聽，好讓我重播給讀者。」

老頭想了一會兒，說：「有一年，我扮聖誕老人，把禮物送給小朋友們。忽然，我看到一個很漂亮的女孩子，她人小鬼大，發育良好，真像一個童話中出現的小精靈。

我走了過去，把她抱在懷裏。扭扭她的鼻子，問說：「這是甚麼？」

「這是鼻子。」她回答。

我又扭扭她的口唇，問說：「這是甚麼？」

「這是口唇。」她回答。

我又扭扭她的面頰，問說：「這是甚麼？」

「這是面頰。」她回答。

我又扭扭她的下巴，問說：「這是甚麼？」

「這是下巴。」她回答。

我再伸手扭扭她的奶奶，問說：「這是甚麼？」

「這是奶奶。」她回答。

我又扭扭她的下面，問說：「這是甚麼？」

小女孩懶洋洋地回答：「這是性病。」

特別要求

葷笑話老頭的一個和他一樣老的朋友叫安德魯。

一天，安德魯跑去城裏出名的妓院，向媽媽生說：「媽媽，我有個特別的要求，我要一個患淋病的女人！」

媽媽生總是來者不拒，點點頭，叫老頭去樓上的一間房間等。

五分鐘之後，一個年輕的妓女走了進來，開始脱衣服。

「你有性病嗎？」老頭問。

「性病？」女的説：「我哪裏有性病？」

老者即刻把她趕了出去。

媽媽生把她叫去：「喂，人家是客人，他説甚麼就甚麼，他問你有沒有病，你説有就好了，何必讓老頭失望呢？」

女的點頭，終於又回去老頭的房間。

「妳有性病嗎？」老頭問。

「我當然有病啦！」女的微笑回答。

「好極了！」老頭大喜：「我們來吧！」

他們爬上床，幹了好事。

五分鐘之後，老頭躺着抽煙休息，給了那女的不少錢。

她感激地說：「老爹，我老實告訴你吧，我是沒病的。」

老頭慚愧地回答：「妳現在有了。」

有錢仔的故事

一個十歲的有錢仔跑到妓院，向鴇母說：「我要一個女人，而且要一個有性病的女人！」

鴇母把他趕出去，但有錢仔從口袋裏掏出一疊鈔票，鴇母看錢份上，只有聽他的。

事畢後，鴇母問：「你那麼小，就要女人，這點我可以理解，但是你為甚麼要一個有性病的女人？」

有錢仔說：「我買了一個有性病的女人，那麼我也有性病了，是不是？」

「是呀！」鴇母說。

「那麼，我回到家裏，搞了菲傭，菲傭也有性病，是不是？」有錢仔又問。

「是呀！」鴇母說。

「菲傭有了性病，司機老王就有性病，司機老王有性病，我媽媽就有性病，我媽媽有性病，我爸爸就有性病，是不是？」

「是呀？」鴇母說：「你和你爸爸有仇嗎？」

「不是我和爸爸有仇。」有錢仔說：「我爸爸有了性病，那麼花王老李的老婆也有性病，花王老李的老婆有性病，花王老李就有性病。他媽的，這個傢伙今天早上把我養的那隻小烏龜踩死了！」

要求

葷笑話老頭的猶太朋友一家三口跑到香港來度假，他好好地招待他們。

老友小聲地在他耳旁說：「我知道你是這方面的高手，有件事要你幫忙！」

「甚麼事？」葷笑話老頭問。

指着他的兒子，老友說：「這小孩今年已經二十歲了，性情又孤僻又孤寒，到今天還是一個處男，你替我搞掂他。」

老頭聽了點點頭。

吃完飯後，老頭先送老朋友夫婦回酒店，再拉那小子去喝酒。

「要追求正經女孩子的話，你的時間不夠，不如直接到妓院去！」葷笑話老頭告訴小子。

小子搖頭拒絕：「謝謝您了叔叔，我還是不去了。」

「怕甚麼？」老頭說：「我帶你去的是高尚地方，絕對沒有手尾。」

「不，不。」小子害臊地：「我是怕她們不肯答應我的要求！」

老頭聽了大笑：「哈哈哈，哈哈，那地方的女人甚麼場面沒有見過，她們瘋起來比你還要厲害！」

小子還是不肯去：「叔叔，老實告訴你吧，我的同學也帶過我去妓院，但是沒有一個妓女會聽我的話的。」

「我才不相信，走！」老頭一把拉住小子，帶到一家他常去的地方。

一進門，媽媽生笑臉相迎，老頭告訴她：「我這位小朋友喜歡特別的要求，妳有沒有一個肯聽他的話的？」

「你到四號房去吧。」媽媽生說：「包君滿意！」

小子去了四號房。不到三分鍾，大吵大鬧的聲音傳來，那妓女粗口滿天飛，還說要把小子斬成八塊。

「我都告訴過你，她們不會聽我的要求的。」小子委曲地說。

「你到底要求甚麼？」老頭問。

小子懶洋洋回答：「免費！」

年齡的故事

一個中年女人決定去整容，手術完畢，她付了醫生六萬港元，心有點不甘，所以回家路上她買了一份報紙，問報販說：「你猜猜看我有多少歲？」

「三十出頭吧。」報販說。

「我四十七了。」那女人高興得要死。

覺得有點餓，吃甚麼呢？舉頭一看，有間麥當勞，就去排隊買魚柳包。

「你猜猜看我有多少歲？」她又忍不住問收銀的女子。

「不到三十吧？」她回答。

「我四十七了。」那女人開心得差點虛脱，放下了一張一百港元，但收銀的女子説麥當勞是不收小費的。

經過花檔，沒有人送，自己買一束獎賞。

「再確定一下也好。」想完問賣花的太太：「你猜猜看我有多少歲？」

「三十，」她回答：「不多不少。」

那女人滿意，走出商場。在等的士的時候，她發現身邊站着一位老紳士，衣着光鮮，給人一種穩重的好感，認為一定是世面見得多，非常有經驗的人，問問他也好。

「我已經八十幾歲，眼睛不行了。」老紳士說：「不過當我年輕時，我有一種方法，絕對猜得出女人正確的歲數。」

「真的？」女人問：「你說出來聽聽。」

老紳士說：「不過說出來你別生氣，我也沒有意思冒犯你。女人的胸部經過我一摸，即刻知道她們多少歲。」

那女人想了一想，今天豁出去了，摸就摸吧！拉老紳士到小巷裏。老紳士伸雙手進去，摸了一輪後說：「你四十七。」

「真準！」女人感嘆：「你怎麼猜得出？」

老紳士懶洋洋回答：「剛才在麥當勞，我排隊排在你後面，聽到你說的。」

口交的故事

一對夫婦在看電視，看到一半，太太想要了，向她丈夫打一個眼色。

「你們看你們的卡通，我和你媽媽上樓休息一會兒。」他向他的兩個兒子說。

樓上傳出笑聲。

大兒子好奇，爬上樓在門縫中偷看了一下，又回去看電視。

「他們在幹甚麼？」小兒子問。

大兒子說：「你自己去看。」

小兒子看完走下樓，向他哥哥說：「真是不公平，跟爸爸就笑了，但看到我們噬手指就生氣，還要揍我們一頓。」

除味的故事

一個人跑到酒吧，向酒保說：「給我三杯威士忌。」

一口喝完又來三杯，酒保好奇問甚麼事。

「我剛和我的女朋友口交，這是我生平第一次。」他說。

「恭喜你了，下一杯我請客。」酒保說。

那人說：「要是六杯酒也沖不去味道，第七杯也沒有用的。」

尼姑的故事

一個尼姑跳上一輛的士，司機大佬不停地望着她。

「看甚麼？」尼姑問。

「我不敢講。」司機回答。

「你說好了。」尼姑說。

「我怕你會生氣。」司機說。

尼姑說：「像我這種年紀的人，有甚麼沒聽過呢？我已做了那麼久的尼姑了，數不清的人來問這，問我那，我都能夠回答得出，你有甚麼事，儘管問好了。」

「我還是說不出口。」司機嘆了一聲。

「說吧！」尼姑說：「說出來，心裏會好過一點。」

「你答應你不會生氣的。」

「你這個人怎麼這麼煩？我說我不會生氣就不會生氣。」

「好吧，」司機終於鼓起勇氣：「我一直有一個性幻想。」

「甚麼幻想？」尼姑問。

司機說：「我幻想，要是有一個尼姑肯替我吹一下，那種感覺是怎麼一個樣子的？我真想試試看。」

「原來是這個，」尼姑說：「那還不容易嗎？不過有兩個條件，你必須遵守。」

「甚麼？甚麼？」司機急着問。

「第一，」尼姑說：「你必須是沒結過婚的單身寡佬，上帝才能原諒這種行為。第二，你必須是一個虔誠的天主教徒。」

司機大為興奮：「是的，我兩樣都是。」

「那麼把車子駕進小巷吧。」尼姑說。

司機照辦，尼姑滿足他的幻想。

事後，司機嚅嚅地：「我一定要向你認罪：我已經有老婆。我不是天主教徒。」

尼姑說：「我也得坦白告訴你：我是個神父，正趕着去參加一個化裝舞會。」

瞎子的故事

有個瞎子，拿了手杖，走進一間餐廳。

餐廳老闆拿了菜單放在他前面。

「對不起，我不會看菜單，不知道要點甚麼，這樣吧，你把人家吃過的一雙筷子拿來給我聞聞，我再決定好了。」那盲人說。

餐廳老闆感到有點奇怪，但是客人永遠是對的，就走進廚房，拿了別人用過的一雙筷子出來，交給那盲人。

盲人把筷子放在鼻下，深深一吸：

「啊，你們做的炸子雞好香，一定很好吃，就來一客炸子雞吧。」

餐廳老闆覺得很神奇，走進去廚房，向他老婆說：「小蕙，你不會相信剛才發生了甚麼事。」

幾天之後，那個盲人又來了，老闆認不出他，又把菜單交了給他。

「我是那個盲人呀！」他說。

餐廳老闆說：「對不起，我一下子沒留意，我去替你拿雙用過的筷子來。」

那個盲人把筷子放在鼻下，深深一吸：

「啊，你們做的蝦醬通菜真香，一定很好吃，就來一客蝦醬通菜吧。」

盲人吃過了東西之後，就離開了。

餐廳老闆走回廚房，向他老婆說：「小蕙，那個傢伙又來搞搞震了，我不相信他的鼻子真是那麼厲害，下次他來，我要整蠱他一下。」

一個星期過去了，那個盲人又來，這次老闆死都記得他，趁他還沒開口就跑進廚房，拿了一雙筷子，向他老婆說：「小蕙，你把這雙筷子在你腋下擦一擦。」

「你想幹甚麼？」小蕙問。

「別問那麼多，照我的話去做！」

老闆把筷子交給了盲人。

盲人一聞：「我不知道小蕙也在這裏做工的！」

木偶的故事

木偶和他的木頭公仔女朋友做愛。

完事之後，他看到女朋友有心事，就問她說：「講出來，會好過一點。」

「你知道我是很愛你的。」木偶的女朋友說：「但是每次我們做，你都把木尖留在我身體裏頭，痛得要命。」

這些話令到木偶非常傷心。第二天，他跑到他的創造者加比多的家裏去，把事情告訴他，問加比多有甚麼好辦法處理。

加比多想了老半天，忽然跳起來：「有了，我有辦法了，這裏有些沙紙，你拿去磨，就不會有木尖了。」

時間過去，加比多沒有看到木偶再來找他，知道一切相安無事，後來在市鎮裏遇到木偶，他正在買一大堆沙紙。

「事情解決了吧？」加比多問：「你的女朋友沒有再抱怨了吧？」

木偶懶洋洋地說：「女朋友？誰需要女朋友？」

單車的故事

一個神父跑去非洲森林講道，教化了布布族的許多族民，布布族族長來參觀，看見一對男女當着眾人面前性交。

「他在做甚麼？」族長問。

「他……他在騎單車。」神父說。

族長聽了，拿出弓箭，一箭把那個男的射死。

神父大叫：「這是很正常的事呀！你為甚麼要殺他？他只不過在騎單車罷了。」

族長說：「他騎的，是我的單車。」

五、好友篇

妙法

鄭丹瑞、葉漢良、文雋和曾志偉四個人在打麻將。

「已經十二點了，我不打了，對不起，但是如果我還不回去，我老婆一定會生氣。」鄭丹瑞起身，向其他三人道歉。

葉漢良也同意：「回得太遲，我老婆一定把我斬成十八塊。」

文雋點頭，他說：「剛才結婚，實在不好意思太遲回去。」

曾志偉輸錢輸得又怒又急，以為再打下去會贏回一點，哪知道這三人不打，呱呱叫地：「這麼晚了，你們的老婆怎麼會知道你們甚麼時候回去？她們已經睡得像死豬。」

「睡得像死豬？你真的會說笑！」葉漢良說：「我每一次回家都把汽車的引擎關掉，讓車子滑進停車場，輕輕地走上樓，小聲地打開門鎖，脫掉鞋子，慢慢地上床，哪知道，我老婆馬上醒來，問我去了哪裏滾得那麼晚！」

「何必那麼麻煩呢？我有一個辦法，包管一定會過關。」志偉說。

「甚麼辦法？」鄭丹瑞、葉漢良、文雋三人同時問。

曾志偉懶洋洋地說：「我把車子直開回去，大聲走進門，打開燈，把我老婆拉起來，說：『我們來一下吧。』她聽完，即刻睡得像死豬一般！」

DJ的故事

葷笑話老頭在香港的時候，最喜歡聽收音機。星期天的「最緊要好玩」，是他愛好的節目之一。

一天，他和他一個幾個月沒見面的情婦提起這個節目，情婦大叫起來：「哎呀！我也愛聽。每個禮拜絕對不會放過。」

「三個主持人，葉漢良、文雋和阿旦，你喜歡哪一個？」葷老頭問。

「起初喜歡文雋，他肥胖的孩子臉，實在可愛到極點。」情婦興奮地說：「後來我又愛上阿旦，他瘦瘦長長，戴個斯文眼鏡，迷死人了。」

「葉漢良呢？」葷老頭問。

「唔唔，他有大髯子，我不喜歡男人長鬚的。」情婦接着說：「不過文雋和阿旦兩人，我忘不了，最後跑到紋身師傅那裏去，叫他在我的大腿內側，一邊紋一個，刺上文雋和阿旦的大頭。」

「紋得像不像呢？」葷笑話老頭調皮地問。

情婦笑瞇瞇地會意。到了愛情酒店，她寬了衣，細聲地問：「你看，像不像？」

董笑話老頭看了懶洋洋地：「文雋和阿旦都不像，但是中間那個一定是葉漢良。」

想像力

葷笑話小老頭文雋唸小學的時候，班主任譚小姐，是個老處女。

一天譚小姐向學生們說：「好，今天，我們來玩一個遊戲。我會把一樣東西抓在手上，放在背後，你們來猜猜看是甚麼。」

「那麼難，怎麼猜得到。」小文雋說。

「我會給你們貼士的。」譚小姐說完，抓了一樣東西：「王志強，你猜猜看，我手上的東西是又圓又軟的。」

「是不是一粒橙？」王志強問。

「不對。」譚小姐伸出手來：「是一粒皮球，不過你猜得很接近，表示你的想像力豐富。」

譚小姐又把另一樣東西抓在手上：「林淑貞，你猜猜看，我手上是一盒長方形的東西。」

「是不是一盒火柴？」林淑貞問。

「不對。」譚小姐伸出手來：「是一盒圖畫釘，不過你猜得很接近，表示你的想像力豐富。」

這時小文雋懶洋洋地站起來，把手伸進褲袋裏：「譚老師，我手上抓的是一根又長又硬的東西，還有一個粉紅色的頭，你猜猜看是甚麼？」

「文雋！」譚小姐大叫。

「不對。」文雋伸出手來：「是一枝鉛筆，不過妳猜得很接近，表示你的想像力豐富。」

曾志偉的笑話

話說有一天曾志偉和文雋想一起去看米高．積遜的演唱會，但已沒了座位，樓梯和門口站滿了人，文雋決定不去了，志偉卻不肯罷休，鑽入人群中。聽完演唱會後志偉吹噓是如何精彩，但文雋懶洋洋地引用了一句古語：「矮子觀場，隨人喜怒而不知自有之面目，寧不悲哉？」

另一次，他們和陳慶嘉、黎杰、厲河等幾個寡佬組織了一個炮兵團，遠征南斯拉夫，我剛好在那裏拍戲，就招待他們到一家的士高去，南斯拉夫的扎爾格列是一雞城，找女人要用溝的。文雋在人群中鑽了一會兒，結果給一個高頭大馬的女人看中了，當時剛好音樂轉慢，那女人就拉着文雋跳舞，文雋發現壓力越來越大，身體更矮下去，原來是那女人的胸部頂着他的頭。

志偉指着文雋哈哈大笑，忽然有個身高七尺的基佬看中了，他將那傢伙架在他的肩膀上，志偉笑不出，輪到我們哈哈大笑了。

地獄的故事

葷笑話老頭講矮仔曾志偉的笑話。

卡薩諾華、華倫天奴和曾志偉到了地獄。

上帝向他們說：「好傢伙，你們總算有這一天。」

說完，上帝指着第一道門，鐵閘打開，裏面是一個又矮又胖的女人。

「你一生多情，令到不少人墮落，現在罰你和這個又矮又胖的人做愛一百年。」上帝向卡薩諾華說。

接着，上帝又指第二道門，鐵閘打開，裏面是一個更矮更胖的女人。

「你一生多情，令到不少人墮落，現在罰你和這個更矮更胖的人做愛兩百年。」上帝向華倫天奴說。

輪到曾志偉，他心想這次可慘了。

上帝指着第三道門，鐵閘打開。哇！裏面竟是絕色天嬌瑪麗蓮·夢露。

「你一生多情，令到不少人墮落，現在罰你和這個又矮又胖的人做愛三百年。」上帝向瑪麗蓮·夢露說。

淑女的故事

勝新太郎上我們的電視節目《今夜不設防》，雖説甚麼都能講，但還有一些出不了街。現在講出來，與讀者分享。

原來這位天皇鉅星的盲俠，年輕時英文一竅不通。

他第一次去美國，在酒店好心地為另一個人開門，此人不但不感激，而且罵了他一句 Fuck you、勝新太郎以為是敬語，從此見人就説 Fuck you very much。

日本人對 ex 的發音不準，勝新太郎也不例外，他每每將 ex 説成 sex，對不起時説 Sexcuse me。

美國一住三個月，勝新太郎忍不住，他就去叫雞。雞到後，把衣服脱光，大字形躺在床上。

那個金髮女郎問他：「Are you ready?」準備 ready 給勝新太郎聽成 Lady 淑女，他奇怪這女人為甚麼在這個時候講淑女，也就點點頭：「Yes. Yes. You are lady.」

雞搖搖頭，再次大喊：「Are you ready?」

勝新太郎也惱了，大聲回答：「Lady? Lady? I am not lady, I am gentleman.」意謂我才不是淑女我是紳士！

行房的故事

產婦科候客室中，苗僑偉急得團團亂轉，巴不得把自己的頭伸進手術室。他坐下來也不是，站起來也不是，不知如何是好。

坐在他身旁的是一個的士司機，大字形地躺在長櫈上，悠然地抽香煙。

「怎麼還不生？」苗僑偉喃喃自言自語。

「你是第一次當父親吧？」的士司機問。

「你怎麼看得出？」苗僑偉問。

「這個地方我來得多，看得多，當然知道囉。」的士司機答。

「你有多少個小孩？」苗僑偉問。

「八個。」的士司機回答。

苗僑偉簡直不敢相信自己的耳朵，現在的人哪會一生生那麼多兒女的？

「你既然那麼有經驗，我倒想問問你一個問題。」苗僑偉說。

「甚麼問題你儘管問好了。」的士司機説。

「你……你知道……」苗僑偉好難開口：「要……要過多久，才能……才能和你老婆來……來一下？」

的士司機懶洋洋地：「那要看情形囉，住公眾病房，要等到回家；私人病房的話……嘿嘿。」

侏儒的故事

阿旦鄭丹瑞最近去了加拿大一趟，這是他返港後講給我們聽的故事。

話說阿旦去了溫哥華之後，到各地名勝去玩，有一天，他中午喝了很多啤酒，尿急了，跑進公眾廁所。

廁所裏，阿旦拉開褲子的拉鏈時，看見身邊有一個黑人侏儒在注視着他。

阿旦感覺到這個侏儒有點怪，但看他只有二呎高，也不怕他，小起便來。

侏儒越來越靠近他，一直看着阿旦的東西，阿旦身高七呎，侏儒看不清楚，結果拿了一把梯子，爬了上去，再仔細地看。

「幹甚麼？」阿旦有點生氣了。

「嘩！」侏儒說：「我從來沒有看過長得那麼好看的兩粒東西！」

阿旦聽了有點飄飄然，說聲：「算不了甚麼。」

「我知道這是一個不情之要求。」侏儒說：「但是你可以不可以讓我摸一下它們實在太美了！」」.

阿旦覺得給他摸一下也沒有損失，就點頭答應。

那個侏儒抓緊了阿旦的那兩顆東西之後，大聲叫道：「快把你的錢包交出來要不然我就從梯子跳下去！」

志偉當和尚的故事

許多影藝界人士，都遁入空門，曾志偉也一心一意地做和尚去也。

到了廟宇，被引見方丈，說明來意之後，方丈稱凡要來此地做和尚的人必須通過兩關。

「第一，」方丈說：「我們會把你鎖在單身房裏，每天只准吃粥和唸經，為期三個月。如果你過得這一關，我們再把你的衣服脫光，綁一個鈴子在你的話兒上再叫葉子楣露了三點在你面前晃一晃，如果鈴子響了，那麼，你就當不了和尚。」

「好的。」曾志偉說。

三個月後，曾志偉又去見方丈：「我已經過了第一關。」方丈聽了就叫人把曾志偉的衣服脫光，綁上鈴子，叫葉子楣進來。葉子楣一到，曾志偉的鈴子即刻響個不停。「對不起，請施主離開本廟。」方丈說。

曾志偉抗議：「這明明是在刁難我嘛！我才不相信在這裏的和尚每一個都過

得了這一關。」

方丈為了公平起見，叫了十個和尚，脱光他們的衣服，綁上鈴子，又召見葉子楣。

果然，只有曾志偉的鈴子響，而且響得厲害。鈴子掉在地上，曾志偉俯身去拾鈴子的時候，其他十個鈴子才大響。

裸跑的故事

曾志偉認識了一個有夫之婦，本來，人家的老婆志偉是不幹的，但是對方是個大美人，又是自動獻身，志偉只有投降。

「我們去九龍塘吧！」志偉要求。

「不。」那個女人說：「我不喜歡愛情酒店，要做就到我家去，才有安全感。」

「萬一你老公回來呢？」志偉問。

「他顧着工作，只要你在上班時間來，一定沒有問題。」那個女人說。

一天，志偉到那女人家去，兩人一見面，脱光衣服，馬上跳上床。

就有那麼巧，那個女人的丈夫忘記帶東西，跑回家按門鈴。

「快從窗口跳出去！」那個女人大叫。

曾志偉裸着身體跳了出來，剛好，這個時候香港正在舉行馬拉松大賽，一大隊人跑了過來，志偉只有參加行列，跟着大隊跑。

「你常脫得光光地參加馬拉松嗎？」身邊的外國人問。

「唔。」志偉點頭。

「裸跑我能了解，」外國人問：「但是戴着保險套幹甚麼？」

志偉懶洋洋地：「你沒看到天黑黑地快下雨嗎？」

張堅庭的故事

張堅庭年輕時找不到老婆，每天搖頭嘆氣。

他的好朋友都為他緊張：「阿庭，你再不結婚，大家會以為你是個基佬。」

「我絕對不是基佬，我喜歡女人喜歡得要命！」張堅庭大叫。

「你現在有名又有利，為甚麼還找不到一個女人肯嫁給你？」朋友始終不明白。

「其實，原因很簡單，」張堅庭說：「我是一個孝順子，我每次帶女朋友回家，我媽媽都不贊成，我當然不敢娶她們囉。」

「那很容易搞掂，」他的朋友說：「我認識一個女的，無論在外貌上和個性都和令堂很像，你帶她回家，令堂一定喜歡。」

果然，見了朋友介紹來的女人，是一位和年輕時的張老太太一模一樣，連舉動也相似，簡直是像由餅模印出來的少女。

張堅庭把她帶回家。

第二天，朋友興沖沖地問：「怎麼樣？成功了吧？」
「我媽媽喜歡得不得了。」張堅庭說。
「那不是太好了嗎？」朋友問。
張堅庭哭喪着臉說：「媽媽是喜歡，但是爸爸不贊成。」

泳褲的故事

張堅庭到康城參加影展，除了看電影，最大的樂趣，莫過於在海邊勾搭裸着上半身的美女。

但是眾多的女人沒有一個肯和他打招呼，張堅庭失望之極，轉頭一看，見曾志偉也來了，躺在沙灘上，有七八個法國女人圍着他。

「你真有辦法！」張堅庭感嘆：「到底用的是甚麼招數，教我幾道好嗎？」

「容易得很，」曾志偉說：「你到舖頭去買件緊身的泳褲，穿上它，周圍走一走，就行了。」

「謝謝，謝謝。」張堅庭說完買了緊身的泳褲，穿上了，周圍走，但是女人還是不睬他，只有再請教曾志偉。

「唔，」志偉說：「你再去那間舖頭，買個薯仔，塞進泳褲裏試一試吧。」

「謝謝，謝謝。」張堅庭說完買了薯仔，塞進緊身的泳褲，再去沙灘走，但是，女人還是不睬他。

「他媽的，」張堅庭大罵：「我以為你是我的朋友，哪知道你亂點我做事，那些女人不但不理我，還在恥笑我呢！」

曾志偉望了張堅庭一眼，懶洋洋地：「誰叫你把薯仔塞到屁股後去，人家只會當你生痔瘡！」

背包的故事

布殊、戈爾巴喬夫、李鵬和倪匡一齊乘飛機視察中東戰果。

到了半空，飛機忽然發生故障。

飛機師向他們四個人說：「很不幸的，這飛機上只有四個降落傘，其中一個我自己保留，其他三個，你們去決定一下誰去用。」

布殊說：「我是美國人民的領袖，這場戰爭也因為是在我的領導下才會打贏，我先用。」

說完，布殊搶了一個降落傘跳下去。

戈爾巴喬夫說：「柏林圍牆，也因為是我才倒下去的，民主主義要感謝我，我先用。」

說完，戈爾巴喬夫搶了一個降落傘跳下去。

剩下李鵬和倪匡，倪匡向李鵬說：「你不會説你對人民有功吧！你殺了那麼多學生，這句話你講不出吧？」

李鵬説：「十億中國人民之中，我最聰明，我先用！」

説完，李鵬搶了一個降落傘跳下去。

飛機師轉頭看着倪匡：「你真偉大，為其他的人犧牲，而且面對死亡，你還在微笑。」

倪匡懶洋洋地説：「我不是面對死亡微笑，我是在笑那個十億中國人民中最聰明的李鵬，他搶的是我的背包！」

倪匡與酒的故事（一）

倪匡在夏威夷住了一段日子，每日大醉，生活好不寫意。天天曬太陽，熱了游一下水。海碧綠，見底，與魚群嬉戲，摸着魚兒，牠們也不跑開。

夏威夷地大，並不限於威基基等遊客地區，越遠風景越好看。倪匡不會駕車，乘的士去又不方便，就下定決心考個車牌。

原來在美國考車牌是那麼容易，筆試時一大夥兒一齊應試，倪匡兄請朋友到場，代替填寫答案，筆試順利通過，但是輪到考路試時就麻煩，無人可代操刀，結果每天去考，考了第一次，第二次都不成功，到第三次，考官看到紀錄，嘆一聲：「我看你是急需用車子來解決交通，不然怎麼會那麼勤快，就讓你有個車牌吧。」

倪匡大喜，馬上駕車遠遊，到郊外一處，半路忽然迎來一的士，倪匡來不及煞車，碰了一個正着。

「你這細眼東洋人怎麼搞的？」司機下車之後大罵。

倪匡笑嘻嘻，並不生氣，反而拿出一瓶伏特加來，請那位的士司機喝酒。的士司機大灌一輪，問道：「你呢？你不喝嗎？」

倪匡懶洋洋地回答：「我是一個酒鬼，怎麼會不喝，我只是等交通警員走了之後才喝。」

倪匡與酒的故事（二）

倪匡在夏威夷，每天繼續喝酒。晚餐喝，中午也喝，後來每天一起身就要喝。他的朋友看到了，非常替他擔憂，每次相勸，倪匡都說：「身體是我的，我有權力做我要做的事。」最後他朋友商量，決定請當地的一個神父去試試。

「這事情交給我，我已經感化過許多酒鬼，一定有把握戒了他的酒癮。」神父說。

見過倪匡之後，神父也不馬上說教，與他無所不談。倪匡認為此人不俗，此友可交也。

後來，神父談起電影，倪匡說他寫過劇本數百個，神父問道：「有沒有看過一部直譯《失落的週末》又名《醉鄉遺恨》的電影？」

倪匡搖頭，神父說現在這部戲在一家小戲院上映，此片男主角雷・米蘭得到金像獎，不如一齊去看。倪匡欣然答應。

兩人看到銀幕上的雷・米蘭，為了喝酒，出賣朋友、愛人，欺詐拐騙，甚麼壞事都做得出，把倪匡看得嚇死了。

「我把他的毛病治好了。」神父向倪匡的朋友説。

朋友都很高興，跑去問倪匡是不是真的。

「真的，」倪匡説：「那部劇把酒鬼拍得恐怖到極點，我以後再也不敢進戲院了。」

黃霑的故事

黃霑在唸中學的時候，向他同級的一百個同學說：「在麗池有一個很紅的舞女，漂亮得不得了，你們想不想去試試？」

同學們聽了都流口水，大家拼命點頭。

「但是，」黃霑說：「她的過夜費很貴，要兩千塊錢才肯幹。」

當年兩千塊錢是個天文數字。同學們聽了都很失望，搖頭嘆息。

「我有一個辦法。」黃霑說：「我們大家一個人出廿塊，一百個人就是兩千了。我們再來抽籤，抽到誰，誰就可以去享受了！」

哇，同學們都舉手贊成，大家掏出二十塊錢來。

最後，中獎的當然是黃霑，他在抽籤時做了手腳。

拿了那兩千塊錢，黃霑找到那個紅舞女。

「兩千塊錢不少，你這個小鬼哪來那麼多錢？」紅舞女把錢放進皮包之後，好奇地問黃霑。

「那是我們一百個同學捐出來的！」黃霑說。

紅舞女聽了很感動：「你那麼看得起我，我一定要好好地報答你，我要為你做一件我從來沒有做過的事，我不要收你的錢。」

黃霑高興死了。

紅舞女說完，真的把錢送還給黃霑，是他拿出來的二十塊。

黃霑去非洲

黃霑去了非洲，第一件事就是去探險。

他帶着一隊非洲土人，往森林前進，因為他個性好強，一定要去一個鬼佬也沒有去過的地方，那才能表現出自己的威風焉。

探險隊走了幾天、幾夜，帶路兼翻譯的非洲小子向黃霑說：「大家都疲倦了，不如在這裏歇歇腳，明天再出發。」

黃霑不聽：「甚麼新奇的東西都沒有看到，怎麼可以停下來？不，前進。」

走呀，走呀，經過一條小溪，忽然，聽到少女們的嘻笑聲。

黃霑撥開樹葉一看，哇，不得了，他看到一群土女圍着一個又高又壯的土人，在河中沐浴。

那個土人的寶貝之大，是黃霑從來沒有看過的，他馬上把翻譯叫來，向他說：

「喂，你過去問問那個土人，說我可不可以替他拍張照片，我要拿回去登在八卦週刊。」

翻譯點點頭，向土人嘰哩咕嚕了一陣子，回來報告黃霑。

「他說甚麼？」黃霑問。

翻譯說：「他要問清楚為甚麼香港人那麼好奇，難道他們的東西浸在水裏久了不會縮小嗎？」

它的故事

黃霑在喇沙書院讀書的時候，整班同學都是調皮搗蛋的小傢伙，有一年夏天，他們四五十個人一齊去海邊度假，曬得全身皮膚漆黑。

回到海濱小屋，大夥脱光了衣服一塊兒沖涼，互相看到對方的東西。

「你看！」黃霑説：「我們全身都曬黑了，只有那東西還是白的。」

大家一看，果然不錯。

「我們不如再去曬一曬，要不然只剩下那裏是白的，多難看！」

大夥兒贊成，回到了沙灘，每一個人都挖一個洞，用沙把全身蓋起來，只留那話兒露在外面。

這時，有兩個老八婆走了過來，其中一個向另一個説：「這世界太不公平了！」

「這話怎麼説？」另一個問。

八婆説：「你看看這根東西，我十歲的時候，害怕它；我二十歲的時候，好奇；我三十歲的時候，愛死它；我四十歲的時候，渴望它；我五十歲的時候，花錢買它；我六十歲的時候，求上帝有它；我七十歲的時候，忘記它；他媽的，到了八十歲，滿地都是，又有甚麼用呢？」

名流舞會的故事

黃霑去參加一個名流舞會。

看來看去，都是那幾個人，都是一些熟悉的面孔。

張公子和他母親也到場，看到黃霑，向着他走來。

黃霑知道這有錢仔不學無術，又好吹牛皮，趕緊要躲避他，但是給張公子一把抓住。

「喂，你最近躲到哪裏去了？」張公子問。

黃霑沒有好氣，尖酸地說：「告訴你，我可又要搬家才行！」

張公子裝成聽不懂，不識趣地繼續和黃霑搭訕：「你看，那邊那個小明星，我昨晚和她上了床。」

「是嗎？」黃霑不感興趣地說。

「還有那個鬼佬的中國老婆，也跟我睡過覺！」張公子又指另一個女人說。

「是嗎？」黃霑已不耐煩。

「那個名門閨秀，是我開的苞。」張公子説個沒完沒了。

「照你那麼説！」黃霑氣了：「這個舞會的女人都和你有一手？」

張公子點頭：「唔，除了我母親之外。」

「是嗎？」黃霑懶洋洋地：「你加上我，我們兩人已經把這個舞會的女人都幹光了。」

養命酒的故事

黃霑遇到倪匡。

「幹甚麼？」倪匡問：「精神不振，又臉黃肌瘦，剪了那麼一個陸軍裝頭，難看死了。」

黃霑嘆了一口氣：「睡不着呀！」

「我們這種人，捱捱夜有甚麼了不起的？」倪匡說。

「唉，你不知道。」黃霑說：「我已經有四天四夜沒有睡覺了，躺在床上，拼命向自己說，不睡不行，但是想來想去，還是眼睛瞪得大大的，我越想越擔心，再不能睡，我就要死人了。」

「最好的辦法，多喝酒。」倪匡說。

「喝酒？」黃霑反問：「我甚麼酒都喝過，也沒有用呀！」

「喝養命酒。」倪匡說。

「養命酒？」黃霑大叫：「那是你做的廣告罷了。」

「的的確確是養命酒。」倪匡說：「喝了養命酒，一定會解決你的問題。」

「我才不相信養命酒有那麼厲害！」黃霑不服：「哪裏會一喝就能睡覺！」

倪匡懶洋洋地：「灌他一兩瓶，睡不睡得着，你還管他媽的那麼多嗎？」

英女皇的故事

黃霑常去的那家理髮店，有個比黃霑更牙尖嘴利的理髮師傅，比黃霑更臭口十倍。

又去理髮時，師傅說：「新年去了哪裏？」

「到倫敦走走。」黃霑說。

「倫敦？倫敦有甚麼好去？又大霧又冷，患了傷風，醫生也不肯幫你看病，只有最蠢的遊客才會去倫敦！」理髮師傅大噴口水。

「我不是普通的遊客。」黃霑說：「我是給英女皇請去作客的！」

「你講笑話吧？」理髮師傅說：「英女皇有甚麼道理會請你？」

「咦，你就錯了，的的確確是她請我的，有一天晚上英女皇睡不着，到廚房去喝牛奶，見到她的廚子在看錄影帶，剛好是我作曲的那部電影，她一聽，聽出味道，說我是一個天才，一定要見見我。」黃霑解釋。

「唔。」理髮師傅開始有點信黃霑說的：「那麼英女皇在請你吃飯時說些甚麼？」

黃霑懶洋洋地：「英女皇一見到我，就說：你和我想像中的不一樣，你的頭髮難看死了，是哪一個白癡替你剪的。」

罰

彼得是我們的武師，他做事非常勤力，經驗亦獨到，賣命事更是拿手，有這麼一個專業人士，當然大家都喜歡他。

除了喜歡開快車之外，彼得這人並沒有甚麼缺點。

南斯拉夫這一邊的公路，時速限定為七十公里，連接的意大利那一邊，時速限定為六十公里。

彼得一下子忽略了，和他太太到米蘭的途中，被交通警抓住，控他超速。

「你看，你多該死，報應啦，這叫報應。我一直叫你不要開快車，你從來沒有聽過我的話。現在好了，人家要告你了。活該，我說過你總有這麼一天的，他最好罰你重一點，看你以後還學不學日本的神風敢死隊。和你結婚了幾十年，就是不能忍受你開快車，我媽媽也警告過你，你也從來沒有聽過她一句話。你根本就不尊重我媽，不尊重她，就是不尊重我。現在看你還敢作威作福，好，好，罰重一點！」

彼得的太太滔滔不絕地罵他。

那意大利交通警在罰款簿上寫到一半，忽然停下，問彼得說：「先生，請問你這位女士在說些甚麼？」

彼得的意大利話也講得不錯的，回答道：「沒有，沒講甚麼，只是我們家裏的一點瑣碎的事情。」

「相信不是那麼簡單吧？」意大利交通警說：「再請問一下，你和這位女士的關係是甚麼？」

「她是我太太。」彼得忠實地回答。

交通警把簿子合上，向彼得敬一個禮，嘰哩咕嚕地說了幾句，便騎上自己的電單車開走了。

「那警察說些甚麼？」彼得的太太嘶叫：「他到底說些甚麼？他為甚麼要放過你？他為甚麼不罰你？」

彼得不肯說給他太太聽，但她再三的追問，彼得只好忠實地回答道：「那警察跟我說，你已經受夠，我不必再罰你了。」

導演的故事

葷笑話老頭有個朋友是個電影導演，這人有個苦行僧個性，常到深山野嶺去拍戲，不喜歡選在城市舒舒服服的題材。

有一次，導演到馬來西亞一個小島拍攝，喝了不乾淨的水，患上嚴重的肝炎。

回香港，他看了許多醫生，都看不好，心急如焚，團團亂轉的時候，葷笑話老頭說：「我有個朋友鍾斯醫生剛好來了香港講學，他甚麼奇難雜症都會醫，你不如去找找他。」

導演點點頭：「好，死馬當活馬醫，我說甚麼也要去試試。」

鍾斯醫生診斷導演的病後，問道：「導演，請問你，你喝不喝酒的？」

「不，不，我一點也不沾。」導演回答。

「那你抽不抽煙呢？」

「不，不，我一生人中一根煙也沒有抽過。」導演直搖頭。

「那你除了你太太之外，有沒有其他女朋友呢？」鍾斯追問。

「不，不，我是非常忠於我太太的。」導演很誠實地回答。

鍾斯醫生聽了懶洋洋說：「導演，你死吧！你死吧！」

服裝間的故事

以前在一家片廠做事，常有些有錢人子弟來服裝間借東西去參加化裝舞會。其中有一個又來了，看了老半天，龍袍已經穿過，殭屍已不流行，選來選去，不能決定，最後，他說：「你們有沒有樹葉，我要化裝成亞當！」

「當然有囉。」服裝間管理員何姑姑說：「你看看這一片怎麼樣？」

「不，這不夠。」那個公子哥兒說：「我需一片更大的才行！」

「好吧。」何姑姑遵命，拿出一片更大的：「你看看這一片怎樣？」

「不，這不夠。」那個公子哥兒又說：「我需要一件更大的才行！」

「好啦！」何姑姑無可奈何，再拿出一片：「這是我們服裝間裏面最大的了！要是尺碼還是不夠的話，你只好化裝成別的了！」

「那太可惜了。」公子哥兒說：

「化裝成亞當是個好主意，既然你們沒有那麼大的葉子，你認為我應該化裝成甚麼才好？」

何姑姑聽了懶洋洋地回答：

「如果我是你的話，我就把你那根東西掛在肩膀上，化裝為一個加油站好了！」

泰山的故事

銀幕上的泰山，在救美人的時候，一定發出一個似猿叫如虎吼的呼聲：「哦哝——哦哝——哦哝——哦——」

這個呼號，由奧林匹克的金牌選手尊尼．威斯慕納發明，全世界註了冊，版權所有不得亂用，如果有任何人模仿，須先付錢給原著者，現在威斯慕納已經死去，也得經他家人同意。要在尊尼逝世的五十年後，這版權才失效，成為共用。

昨晚，董笑話老頭告訴我一段關於泰山狂吼的故事：

有一個記者跑去訪問尊尼：「威斯慕納先生，請問你是怎麼樣發明這著名的叫聲？」

尊尼回答：「事情的經過是這樣的，戲裏面，我的伴侶珍，被鱷魚追着，她死力游水，一面大聲尖叫救命呀，救命呀。導演叫我抓着那條長樹藤，飛身過去救她。我照辦。

「就在那個時候，我發明了那個哦哝哦哝的叫聲，不過這都是給他媽的那黑色猴子害的。」

「黑色猴子？」記者打斷：

「是不是那隻叫姬達，戲裏演你的寵物的人猿？」

「就是這他媽的傢伙。」尊尼生氣地點頭：

「當我抓着樹藤飛過去的時候，這猴子有樣學樣，但是他抓到的是我那一根！」

葉子楣的故事

有個花花公子沉了船，游泳游了很久，到達一個孤島，他一住，就住了二十年，沒有人來救他。

忽然，一天，花花公子看到一個身材好到不得了的女人向孤島游過來，她爬上岸，花花公子一看，啊，她不是葉子楣是誰？

葉子楣穿了一套緊身的潛水衣，向他走過來，問他說：「你要不要抽煙？」

花花公子是個煙鬼，已經二十年沒有嚐過煙味，當然大力點頭：「我要抽煙！我要抽煙！」

葉子楣拉低潛水衣，差點露出雙乳，由乳溝掏出一包萬寶路，替花花公子點着火，花花公子吸了一口，大叫痛快。

「你要不要喝酒？」葉子楣又問。

花花公子是個酒鬼，已經二十年沒有嚐過酒味，當然大力點頭：「我要喝酒！我要喝酒！」

葉子楣又把潛水衣的拉鏈拉得更低，露出細腰，掏出了一瓶軒尼詩X．O，打開樽，花花公子又喝了一口，大叫痛快。

「你要不要玩玩？」葉子楣又問，說完把潛水衣的拉鏈拉得低得不能再低，差點露出下體。

「你不可能由那裏掏出一副麻將吧？」花花公子，除了煙鬼和酒鬼，也是個賭鬼。

好朋友的故事

有一個女人，堅持一定要有深厚的感情才可以做那件事，結果弄得二十八歲人了，還是老處女一個，自艾自怨。

這天，有個男同事約她出去吃飯。看這個人的外表還可以，談吐也斯文，經過思想鬥爭，她答應了。

燭光晚餐，他們都喝了些酒，男同事送她回家之前把車子駕去郊外的一個幽靜地方，和她接吻、撫摸，最後把手伸到她裙子裏脫她的底褲，但是在最後的一個關頭，她說：「不行，我們剛認識，感情還沒建立好，絕對不可以做那件事。請你原諒。」

那個男同事憤怒到極點，拉起褲子，大聲說：「好，不幹就不幹，算了！」

一路上，那男的越想越氣，女的看得出，向他說：「如果你達不到你的目的，就不想送我回家的話，隨便甚麼地方讓我下車好了！」

男的真的把車煞住，打開車門：「你要下車就下車吧！」

女的吞不下這口氣，下車了。

在郊外的路上，女的一走就走了兩小時，還看不到一輛的士經過，這時候兩條腿又瘦又痛，那個女的向她的腿說：「你們真是我的好朋友，對我不離不棄！」

過了一年女的二十九歲了，她的上司約她吃飯，吃完又是把車駕到山上，又想和她做那一回事。最後女的還是拒絕了。上司又是不送她回家，她只有自己走路，一面走一面向她那雙腿說：「你們真是我的好朋友，對我不離不棄！」

三十歲生日那天，她的一個中學同學忽然找她，還記得這是她的生日，一齊吃飯後，男的要求同樣的事，女的終於和他睡覺了。

回到家裏，她望着雙腿，嘆了口氣：「好朋友，始終要分開的！」

萬惡的金錢

金錢，
可以用來買房子，
但是不能買家庭。
可以用來買床褥，
但是不能買睡眠。
可以用來買時鐘，
但是不能買時間。
可以用來買書籍，
但是不能買知識。

可以用來買職位，
但是不能買尊敬。
可以用來買藥品，
但是不能買健康。
可以用來買血液，
但是不能買生命。
可以用來買性愛，
但是不能買真情。
所以金錢不是萬能的，
我之所以寫給你看，是因為你是我的真正朋友。

而身為你的真正朋友，需要幫助你消除你的痛苦，免去你的折磨。
所以請你把你的錢都寄給我吧！
我決定替你承受這一切痛苦和折磨。
你再也找不到任何一個比我更真心的朋友，我只收現金，謝謝。

六、動物篇

駱駝

頭髮銀白，脫得快要光禿的積克．戴格爾又在我的前面出現，這次是在夢中。他手上還是拿着那杯白酒，笑着走過來。今晚的鷄尾酒會，是為一群飛機師開的。他們是言語無味的人，積克聽他們整天在講香港的機場太窄，降落時沒有安全感，打趣地說：「你知道嗎？一百個飛行員中，有一個是死在空難中的。你還敢飛？」

那瘦小的飛機師反駁道：「你知道嗎？一百個普通人，有九十九個是死在床上的，你還敢睡？」

哎呀，葷笑話老頭積克有點生氣了，你們這班傢伙要在太歲頭上動土？便講飛機師的故事給他們聽：

有一個人駕飛機，引擎出毛病，被迫降落在沙漠中。好在他沒有受傷，而且能在綠洲中找到水喝和吃樹上的橄欖，所以還可以保存着一條老命。

幾個月過去了，他開始想女人，但是沙漠中哪裏去找？飛行員飢渴得眼噴出火。

一天，他的面前忽然出現了一隻大駱駝，飛機師高興得跳起來，馬上躡着腳，走到駱駝身邊，輕輕地把駱駝的尾巴拉了起來，拔出傢伙，正要行事時，忽然，駱駝嘶得一聲大叫，逃個無影無蹤，把飛行員氣得半死。

再過一天，他又看到那隻駱駝，又躡着腳走到牠的身邊，又輕輕地把駱駝的尾巴拉了起來，又拔出傢伙，又正要行事時，忽然，駱駝又嘶得一聲大叫，又逃個無影無蹤，又把飛行員氣得半死。

這時，天空轟轟作響，原來又有一架飛機引擎出毛病，發出黑煙衝跌下來撞正一棵橄欖樹。

飛行員馬上過去搶救，把一個美女從殘骸上抱了出來，飛機隨即爆炸。

那美女感激流涕，抱着他說：「你救了我一命，你要甚麼就甚麼，我甚麼都給你。」

「好。」

飛行員說：「你快快替我把那隻他媽的駱駝追回來！」

斑馬的故事

葷笑話老頭的故事癮一來，講個不停：除了人的笑話，他還講了一個動物的笑話。

有一隻斑馬從森林跑了出來，走到一個農村，在一家人的前面停下，牠遇到一隻老母雞。

「老母雞，老母雞，你在這裏幹甚麼的？」斑馬問老母雞。

老母雞回答：「我每天替我的主人生一個蛋，讓他做早餐。」

斑馬又遇到一隻老母牛。

「老母牛，老母牛，你在這裏幹甚麼的？」斑馬問老母牛。

老母牛回答：「我每天都讓我的主人來擠牛奶，給他們去做早餐。」

斑馬又遇到一隻老母羊。

「老母羊，老母羊，你在這裏幹甚麼的？」斑馬問老母羊。

老母羊回答：「我每天都讓我的主人來擠羊奶，給他來做芝士作早餐。」

斑馬繼續往前走，又遇到一隻老豬公。

「老豬公，老豬公，你在這裏幹甚麼的？」斑馬問老豬公。

老豬公望了斑馬一眼，色迷迷地，懶洋洋地回答：「你把你那件睡衣脫下來，我就告訴你我在這裏是幹甚麼的！」

猴子的故事

森林中，一隻猴子拼命向前跑。

遇到了一隻長頸鹿，正在捲大麻。

猴子向長頸鹿說：「長頸鹿呀，長頸鹿，世界那麼美好，為甚麼要沉醉在毒品之中？我們一起在大自然中奔跑吧！」

長頸鹿一聽有理，看着那枝大麻，把它丟掉，跟着猴子去了。

第二隻遇到的是一頭大象，正在用鼻子吸可卡因。

猴子向大象說：「大象呀，大象，世界那麼美好，為甚麼要沉醉在毒品之中？我們一起在大自然中奔跑吧！」

大象一聽有理，看着那條可卡因，把它吹散，跟着猴子跑了。

第三隻遇到的是一隻老虎，正在點着管子抽鴉片。

猴子向老虎說：「老虎呀，老虎，世界那麼美好，為甚麼要沉醉在毒品之中？我們一起在大自然中奔跑吧！」

老虎一聽有理，看着那管鴉片槍，把它丟掉，跟着猴子跑了。

第四隻遇到的是一頭獅子，正在拿着針筒打海洛英。

猴子向獅子說：「獅子呀，獅子，世界那麼美好，為甚麼要沉醉在毒品之中？我們一起在大自然中奔跑吧！」

獅子聽完，看着針筒，把它丟掉，上前去捉住猴子，把牠狠狠地揍了一頓。

長頸鹿、大象和老虎看到了，氣得要命，捉住獅子，向牠大叫：「那猴子那麼好心，牠關心我們的健康，叫我們接近大自然，你為甚麼打牠？」

獅子懶洋洋地：「那死『馬騮』吃了搖頭丸，每次都來拉我去奔跑，我睬佢都傻！」

鸚鵡的故事

一個女人走進一家寵物店。

「我要買一隻鸚鵡，多少錢？」女的問。

老闆說：「幾千塊一隻。」

「那麼貴，有沒有便宜一點的？」

老闆指着角落頭的那隻：「牠賣兩百。」

「怎麼會那麼便宜？」女的覺得有問題。

老闆老實地：「牠是一隻粗口鸚鵡。」

女的說：「好吧，就賣給我吧！我會對付這種講粗口的壞蛋！」

把鸚鵡拿回家，那女的要沖涼，把裙子脫了下來。

「你的大腿真他媽的好看，喂，你有沒有穿底褲？」鸚鵡說。

「你這隻壞蛋，我得教訓教訓你一下。」女的說完，把鸚鵡放進雪櫃的冰格裏面。

「關你在這裏三分鐘，看你以後還敢不敢講那些髒話。」女的說。

鸚鵡冷得發抖，知道自己講錯了話，向那女的發誓：「我再也不會重犯我的老毛病了，求求你，放我出來吧！」

第二晚，那女的又要脱衣服沖涼，解開了胸圍。鸚鵡忍不住了說：「你的奶奶真他媽的大，喂，給我摸一下行不行？」

「我要教你多少次才學會？」女的大怒，她把鸚鵡又放在雪櫃的冰格裏。

「這次關你五分鐘，看你以後還敢不敢講那些髒話！」女的說。

鸚鵡在裏面差點凍死，開始後悔：「快放我出來，我這次真的學乖了。」

女的把鸚鵡放了出來。

「我有一個問題想問你。」鸚鵡說。

「你問吧！」那女的說。

「裏面那隻東西是不是想強姦你？」

「甚麼東西？」女的問。

鸚鵡說：「那隻凍得變成冰的火雞。」

企業管理

甚麼叫企業管理？

第一課：

一隻烏鴉坐在樹上，整天沒事做。

小白兔看見了，問烏鴉說：「我可以學你整天坐在樹上不做事嗎？」

「當然可以啦。」烏鴉回答。

小白兔就學烏鴉，坐在地面上，甚麼事都不做。忽然，一隻狐狸走過，一口把小白兔吃掉了。

企業管理的教訓是：如果你要整天坐着，而甚麼事都不必做的話，你非得坐得高高在上不可。

第二課：

一隻鳥兒南飛，以求溫暖。

但是，天氣越來越冷，最後鳥兒忍耐不住凍僵了，掉在地上。

躺在那裏等死時，一隻牛走過，放下一堆排泄物。那隻鳥兒覺得很舒服，而且感到快樂之至，開始唱起歌來。

一隻貓兒聽到鳥叫聲，走過來巡察，跟着鳥叫聲，貓兒找到躺在排泄物下的鳥兒。

貓兒把鳥兒挖出來，一口把牠吃掉。

企業管理的教訓是：

一、不是每一個在你頭上拉排泄物的人都是你的敵人。

二、不是每一個從下面拉你一把的人都是好人。

三、當你在下層，你應該收聲。

第三課：

一隻火雞和一隻牛在談天，望着天空，火雞說：「我真希望能站得高高在上。」

「你吹吹我的牛皮，就有力氣。」牛說。

火雞照做，結果飛上枝頭，一個農夫走過，用雙管槍把火雞射死，拿回家當晚餐。

企業管理的教訓是：會吹牛皮可以使到你高高在上，但是不會很久的。

狗仔隊的故事

一隻猴子在酒吧中喝酒，很孤獨，希望遇到一隻女猴子來做愛。等呀，等呀，還是等不到。牠悶抓腮，下面快要爆炸。

忽然，這時候，走進了一頭雌獅，那猴子跳起來突擊，把雌獅子壓在下面，大幹一番。

事後，猴子即刻破門而去，逃之夭夭。

雌獅給他弄得很舒服，想再大戰三百回合，豈肯罷休？就追了出去。

猴子跑了又跑，終於跑到一個公園，看到一張報紙，就拾來遮住臉，假裝閱讀。

雌獅找不到猴子，發散消息，要其他雌獅一起出來找。有一隻經過公園，看到那讀報紙的猴子，就問他道：「你有沒有看過一隻公猴路過？」

猴子照樣遮住臉：「甚麼猴子？」

「把母獅幹了那隻！」

「那麼快就追來了！」猴子嘆氣：「當今的狗仔隊真厲害！」

避難的故事

甘地、米耶、老懵董一齊去旅行，遇到一場大風雪，迷了路，最後到一間農屋，就跑去敲門。

「我們的地方很小，雖然可以留你們過夜，但是只能住兩個，其中一個要到養畜生的地方去睡。」

「沒問題。」米耶說：「我去好了。」

過了一會兒，農夫聽到敲門聲，打開門，米耶站在那裏，說：「我是一個猶太人，猶太人是不能和豬在一起的。」

「沒問題。」甘地說：「我去好了。」

過了一會兒，農夫聽到敲門聲，打開門，甘地站在那裏，說：「在我的國家，牛是神聖的，我不能和牛在一起。」

「沒問題。」老懵董說：「我去好了。」

過了一會兒，農夫聽到敲門聲，打開門，豬和牛站在那裏。

七、醫學篇

為醫生講笑話

我有三個醫生小朋友，他們從來不勸我戒煙、戒酒或戒其他行為，只是常來信，說要是一天我有毛病的話，他們會放下他們的丈母娘的約會來看我。今天又收到他們的賀年卡，來不及回報，講幾個醫生笑話來答謝：

有個老處女去看醫生。醫生為她檢查了身體之後，寫下下列病症：（一）頭暈。（二）失眠。（三）視力不良。（四）沒有胃口。（五）神經質。（六）月事失調。（七）冷汗過多。

記錄完畢，醫生又問老處女：「你今年幾歲？」

「二十五。」老處女回答。

醫生在病歷表上再度填寫：（八）撒謊。

醫學院的同學坐在教室裏等候老師發試卷。看完之後，有一項是填寫奶粉和人奶之分別，有位同學即刻寫下人奶的下列好處：

（一）永遠新鮮。（二）不必上街購買。（三）不必把空奶瓶交還給商店。（四）貓兒不會來偷吃。（五）隨身攜帶。最後他想了想，再填上：（六）爸爸也喜歡吃。

葷笑話老頭三更半夜打電話給醫生：「醫生，我的老婆的肚子痛得要死，請你快點來，我看她的盲腸有毛病。」

「不可能的。」醫生說：「是我施的手術。你太太的盲腸已經割掉了，你有沒有聽過有人會有第二條盲腸？」

老頭懶洋洋地回答：「那你有沒有聽過有人會娶第二個老婆？」

眼醫的故事

一個女人跑去找眼醫，向他說：「醫生，我看不到東西，不知道我患的是甚麼毛病。」

眼醫說：「來，我替妳檢驗一下。」

眼醫帶她到一個驗眼表前，叫她坐下，指着表上最細的一行英文字母，問她道：「妳看不看到這一行字？」

女人看了老半天，搖搖頭，說：「甚麼也看不到。」

眼醫再指第二行大一點的英文字母，問她道：「妳看不看到這一行字？」

女人看了老半天，搖搖頭，說：「甚麼也看不到。」

眼醫奇怪了，再指第三行最大的英文字母，問她道：「妳看不看到這一行字？」

女人看了老半天，搖搖頭，說：「甚麼也看不到。」

這次眼醫生氣了，打開褲子的拉鏈，抓出他的那條東西出來：「妳能不能看到這是甚麼？」

女人即刻大力地點頭。

眼醫懶洋洋地說：「我知道妳的毛病了，妳患的是鬥雞眼！」

老人看醫生

鍾斯醫生在倫敦的診所裏，發生過這麼一回事。

有一天，一對老年人來掛號，輪到他們時，鍾斯醫生問：「有甚麼不妥嗎？」

「事情是這樣的……」老先生有點難於啟口，他指着身邊的老太太道：「我……我和她做那回事的時候，總覺得有問題，請醫生幫我們解決一下。」

「那請你們把問題仔細地講給我聽吧。」鍾斯安慰。

「很難講得清楚的。」老先生說：「不如我們做一次給你看，你就知道問題出在哪裏。」

「也好吧。」鍾斯勉為其難。

老先生和老太太做完後，鍾斯醫生抓抓頭，向他們說：「沒有甚麼不對呀。你們放心好了。」

「謝謝醫生。」老先生和老太太笑了：「請問醫藥費多少？」

「收你們二十塊錢好了。」鍾斯說。

之後，老先生和老太太又來了幾次，每次都一樣，鍾斯向他們說：「你們到底想證實些甚麼？」

老先生笑瞇瞇地：「老實告訴你吧，我不能把她帶回家，因為我有老婆，她不能帶我去她家，因為她有丈夫，現在普通的旅館最少的收費是一百塊錢，就是那麼簡單。」

醫生朋友

「你到了紐約，有沒有遇到些有趣的人物？」我問葷笑話老頭戴格爾。

「我的朋友都是當醫生的多。」他說：「聽到了都是一些醫生的笑話。」

「有個律師常在鷄尾酒會裏被人問長問短，你知道，律師一給意見便要收錢，這麼一來，不是賺少了很多？他氣的要命，就去問我的醫生朋友威廉斯說他可曾經遇到同樣情形。」

「當然有啦。」威廉斯說。

「那你怎麼去應付他們呢？」律師問。

「我有一個十全十美的辦法，」威廉斯醫生說：「在酒會裏，如果有任何一個人來問我他的病況，我就叫他先脱衣服給我看看！」

戴格爾說：「另外一個醫生范德波是個猶太人，他的兒子終於考到文憑，也當起醫生來了。」

范德波參加了旅行團去遊世界，診所的生意暫時交給他兒子去看管。玩完回來，范德波醫生問他的兒子說：「我不在的時候，病人多不多？」

他兒子驕傲地回答道：「每天生意都不錯。那個患哮喘病的金舖老闆，咳了三十年，現在都給我醫好了！」

范德波聽了氣得跳起來，拿棍子敲他兒子的頭說：「你這個笨蛋，就是有那個哮喘病人才能供你上中學，唸醫大！」

戴格爾的另一個朋友是當眼醫的，他把鼎鼎大名的前衛藝術家安迪．華道夫的老婆差點瞎掉的眼睛醫好。安迪．華道夫高興得要命，除了付醫藥費之外，堅持還要送點紀念性的東西給他。

剛好，這個眼醫朋友買了一層新樓，還沒有裝修，華道夫即刻在他的牆壁上畫了一張十呎大的大眼睛當壁畫。

紐約新聞界聽到了引起轟動，ＮＢＣ電台馬上派人去拍電視和訪問：「醫生，當你看到這張巨作有何感想？」

眼醫回答：「好彩我不是當婦產科的！」

安哥

葷笑話老頭有個醫生朋友叫西摩·鍾斯。

鍾斯醫生是著名的內科專家，他為病人動手術，醫好之後只留下小到看不見的疤痕，尤其是開刀割盲腸，簡直是一點痕跡也沒有。

外國的許多大學都邀鍾斯醫生去演講，有時，更請他示範動手術讓學生們學習。

一次，鍾斯來了香港，葷笑話老頭請他吃飯，吃到一半葷笑話老頭忽然不舒服起來。

鍾斯為他檢驗，發現了葷笑話老頭的腎有毛病。

「你有腎結石。」鍾斯斷定。

「那你搞掂它啦。」老頭要求。

「好吧。」鍾斯說：「我明天在大學裏要示範一個手術給學生看，不如替你開刀，不收你的錢好了。」

葷笑話老頭大喜，隔天就入院，鍾斯替他做了手術。

翌日老頭醒來，發現腎部已經沒有事，不過大腿之間痛得要死。

「這是甚麼一回事？」老頭向護士大叫。

護士回答：「事情是這樣的，鍾斯醫生現場表演得很成功，學生們拍掌後還大叫安哥，鍾斯醫生不好意思拒絕，結果把你的包皮也割了！」

毛髮

鍾斯醫生替葷笑話老頭動腎結石手術，當他躺在醫院靜養的時候，還是老頑童一個，常講些葷笑話給護士們聽，有些津津有味地欣賞，但是有些醜人多作怪的老太婆就尖叫起來。

老太婆護士們抓了醫院的院長來評理，説病人非常鹹濕，講的都是不文的東西，一定要院長把這個老混蛋趕出去。

院長搖搖頭：「但是，他是鍾斯醫生的病人呀，我們老遠地請鍾斯醫生來講座的，怎麼可以把他的朋友也得罪呢？」

老太婆護士們死也不肯罷休，院長只好去找葷笑話老頭，問他道：「你到底和那些護士說了些甚麼？」

葷笑話老頭回答：「我問她們，女人在哪一個地方的毛髮長得最密、長得最黑、長得最鬈曲？」

院長聽了也生氣，只好把鍾斯醫生找出來，鍾斯醫生走到老頭面前：「你到底和那些護士說了甚麼？」

葷笑話老頭回答：「我問她們，女人在哪一個地方的毛髮長得最密、長得最黑、長得最鬈曲？」

「那你說呢？」鍾斯單刀直入地問葷笑話老頭。

老頭懶洋洋地說：「在非洲嘛。」

雜症

鍾斯醫生一到香港，有奇難雜症的朋友都來找他。

其中一個說：「鍾斯，你一定要救救我，我剛和一個美麗的女人做了愛，哪知道她很毒，我的寶貝頭上馬上有個紅圈，你看是甚麼病？」

鍾斯叫他脫了褲子看看後，說：「沒甚麼了不起，我會搞掂。」

「那要多少錢才能醫好？」朋友問說。

「免費。」鍾斯回答。

「免費。」朋友叫道：「我給中環那個醫生看過，他要收我五百塊。還要叫我去打十幾支針！」

鍾斯大笑：「他媽的，做甚麼醫生，連女人的口紅都看不出。」

洞房的故事

鍾斯醫生到韓國的鄉下去探他的老朋友申先生。

老申看到鍾斯大喜，即刻請他喝酒。

「你來得正好，今天是我女兒出嫁，來，乾一杯，大家高興一下。」老申說。

鍾斯醫生和他喝了幾瓶酒後，老申忽然沉靜下來。

「你有心事嗎？」鍾斯問。

老申點點頭：「事情是這樣的，我那個女兒是個花癡，還沒有嫁人之前就和孩子們胡搞，我要阻止也阻止不了。」

「現在這個年頭，也沒甚麼。」鍾斯說。

「唉，」老申嘆了一口氣：「但是，我們這鄉下還是很重視貞操觀念的，今晚要是新郎發覺我女兒不是處女，那可麻煩了。」

「別難過，喝酒，喝酒，我有辦法搞掂。」鍾斯拍着老申的肩膀說：「等一下回家，你叫你女兒來看我。」

老申大喜，兩個人喝得醉醺醺地回去。

女兒見了鍾斯醫生後，當晚就和新郎洞房。

老申夫婦還是擔心，在樓下偷聽。忽然，女兒像殺豬一樣地狂叫，叫得可真悽慘，老申夫婦聽到事後新郎在安慰新娘，結果歡歡喜喜地度過了一晚。

第二天，老申找鍾斯，向他說：「你到底教了我女兒甚麼，她雖然不是處女，也不是個好演員，但是叫得可真像，把新郎騙得服服貼貼地。」

鍾斯醫生懶洋洋地回答：「沒甚麼了不起的，我把她下面的毛綁在一起罷了。」

作怪

葷笑話老頭問鍾斯醫生：

「醫生的定義是甚麼？」

鍾斯很幽默地回答：

「有人認為醫生是開藥方的，這一點，醫生懂得不多。」

「有人認為醫生是會醫病的，這一點，醫生懂得更少。」

「有人認為醫生是了解人體結構的，這一點，醫生是一竅不通。」

葷笑話老頭大笑：「還有沒有更多的醫生笑話？」

「有。」鍾斯說：

「內科醫生是懂得一切，但甚麼事都不做的人。」

「外科醫生是甚麼事都做，但是甚麼事都不懂的人。」

「心理醫生是甚麼事都不懂，但又是甚麼事都不做的人。」

「負責解剖的法醫官是甚麼事都懂得，但是甚麼事都做得太遲的人。」

葷笑話老頭又大笑：「除了你以外，我甚麼醫生都不相信。」

「為甚麼你不相信？」鍾斯問。

「事情是這樣的。」葷笑話老頭說：「有一次我的頸項長了一顆瘤，我去找醫生，他檢驗過之後，說這顆瘤是因為我的牙齒爛掉了才引起來的發腫。」

「你敢肯定這是原因嗎？」我問。

那醫生點頭。

「我氣了起來，把我口裏上下牙床的假牙都拔了出來，向那醫生說：他媽的，到底是哪一顆牙齒在作怪？」

林氏兄弟的故事

鍾斯醫生為一群學生檢查身體，遇見林亞燦的弟弟林亞輝，發現林亞輝的那話兒比他哥哥的更厲害。

「這是我一生人看到最大的東西。」鍾斯醫生驚嘆道：「告訴我，普通的時候有多大？」

「現在這樣子就是普通時候的樣子。」林亞輝回答。

「天呀！」鍾斯說：「要是舉起來的話那還得了？」

「鍾斯醫生，我從來就沒有看過它舉起來是怎麼的一個樣子。」林亞輝說。

「你可真倒霉，想不到有這麼好的條件的人竟是不能人道的。」鍾斯惋惜。

「我沒有說過我不能人道。」林亞輝懶洋洋地說：「我只說過我沒有看過。因為，我的血液只夠這狀態的他和我任何一個地方用，每當它舉起來的時候，我就暈倒了。」

下一個進來檢查身體的是林亞輝的弟弟林亞煌，鍾斯醫生發現他的那話兒比他二哥還要厲害，問道：「你們兄弟幾人為甚麼都那麼大？」

林亞煌說：「這和我們的上一代有關係。」

「是你的爸爸，還是你的公公？」鍾斯問。

「不。」林亞煌說：「是我媽媽。」

「你瘋了。」鍾斯驚叫：「女人沒有那東西的。」

林亞煌懶洋洋地說：「我知道。事情是這樣的，我媽只有一隻手臂，我們每次洗澡之後，她不能用雙手抱我們起身，總是用獨臂把我們從澡缸裏面拉上來！」

火雞的故事

鍾斯醫生在香港的時候，許多社會名流輪流請他到他們家中作客。外國人的習慣是由主人把食物切開的，聖誕節那天晚上，一個名流拿出火雞，在餐桌上用刀子把火雞分成一塊塊，一面問鍾斯道：「你看我的手勢如何？要是我做醫生的話，未必輸給你。哈，哈，哈。」

「誰都可以切開東西，」鍾斯懶洋洋地說：「你如果要表演的話，那麼就請你把火雞一片片地縫回去。」

鍾斯醫生的父親

鍾斯醫生的父親已經八十歲了。

有一天，老頭子跑到兒子的診所去，問他兒子道：「喂，我那玩意兒越來越不行了，你替我打一針，看看他今晚有沒有用？」

鍾斯只好照辦。

打完針後，老頭子拿出一百塊錢，一定要鍾斯收下，鍾斯說哪有兒子收老子的錢的道理？

但是他父親不管兒子的反對：「我來到這兒，就是病人，一定要收，不要破壞規矩。」

說完把錢扔下走了。

一個禮拜之後，他父親說上次那針果然靈效，今天再來打針，打完後，老頭扔下兩百塊。

「但是，老爸，打一針最多只要一百。」鍾斯說。

「你就收了吧，」他父親說：「另外那一百，是你媽媽給的。」

裁縫師傅的故事

葷笑話老頭有個朋友是個西裝的裁縫師傅。

他聽到出名的鍾斯醫生來了香港，求葷笑話老頭為他介紹看病，老頭不大喜歡這個人，但是勉為其難地把這件事告訴了鍾斯。

鍾斯大方地說：「就叫他來看我好了。」

裁縫師傅因為工作忙，雖然葷笑話老頭為他約好，但他反而不肯去看，只拿了一個罐，裝上自己的小便，叫他老婆拿去找鍾斯，向鍾斯討藥。

鍾斯個性善良，但也忍不住光火，把罐子的小便倒掉，自己在罐中撒了另一泡尿，向裁縫師博的老婆說：

「你把這罐尿拿去給你的先生，要是他看後能夠知道我的尺寸做一套西裝的話，那麼我就替他開方。」

神父的故事

有個神父多年來過於熱心地傳教，結果捱出病來。

神父到鍾斯醫生那裏去看病，醫生細心地為他診斷，發現神父除了過度疲勞之外，還有精神衰弱的現象。

鍾斯醫生很同情他：「你應該去一個幽靜的地方修養三個月，我替你寫封信給你的上司，叫教會出錢給你到瑪爾台群島吧。」

教會果然讓神父去度假，神父在島上每天釣魚、散步、爬山，早上很早起身，吃過晚飯後便睡覺，健康的生活，令他變成一個強壯的人。

當地的土人看他不出去玩，大家都說應該到島上唯一的夜總會走走，那裏有個惹火的脫衣舞孃，神父看了一定會喜歡。

那種罪惡的地方神父怎能去？他再三地反問自己，第一個月他忍住，沒事；第二個月他也忍住，沒事；到了第三個月，他實在忍不住了。

有一個晚上，他偷偷地換了普通人的衣服，跑到夜總會去。

煙霧迷濛中，脱衣舞孃出現，她大膽地搖動着那驕人的身體，神父看得發呆的時候，她越跳越靠近他，啊，神父發現她一直對着他笑。

表演完畢後，脱衣舞孃換過衣服，走到神父的桌子，一屁股坐下。

「你不就是拉利神父嗎？」她問：「來，我請你喝杯酒。」

拉利神父嚇得要命，說：「完了，這次完了，來了這種地方還給妳認出，我完了，教我以後怎麼見人呢？教會一定會開除我的。」

「別擔心，拉利神父。」脱衣舞孃說：「我們去見過同一個鍾斯醫生，我也是工作過勞，我的名字叫做德麗莎修女。」

移植

鍾斯醫生知道葷笑話老頭喜歡聽故事，所以講一個給他做資料：

有一天，一個男人在路上遇到車禍，被撞倒之後還讓後輪把手臂給壓斷了。

十字車把他載到醫院，剛好是鍾斯醫生當值，他一看，那隻胳臂的骨頭已碎，只有切除。

剛巧，這時候隔壁病房的一個少女患上心臟病死掉，鍾斯醫生靈機一動，向護士們說：「不如，把她的手臂移植在這人身上。」

護士們說：「女人的手接給男人，不知道血液是否會排斥？」

「怎樣也要試試了。」鍾斯回答。

手術經過了兩小時，鍾斯醫生終於成功地把死者的手移植在車禍病人身上。

再過一陣子病人已經可以出院。

三個月後，鍾斯醫生在街上遇到這個病人，他已和普通人一模一樣。

病人看到鍾斯認出是他，很高興地伸出雙手：「醫生，謝謝你，你的手術真是高明，我完全好了。」

鍾斯說：「真的沒有甚麼毛病吧？」

病人搖頭。

鍾斯說：「那我可放心了。」

正當要上路時，那病人把鍾斯叫住：「醫生，有點小麻煩，不知道怎麼解決？」

鍾斯問：「甚麼麻煩？」

病人無可奈何地說：「一切都正常，只是我每次上廁所小便，這隻手總抓着不放！」

紅髮

一對東方夫婦超過了四十歲，才生下第一個兒子。

本來這是一件值得慶幸的事，哪知道這個兒子的頭髮是紅顏色的。

兩個人爭吵了一番，太太大說她是無辜的，而且他們兩人的幾代都沒有混過鬼佬的血。

為了證明清自，老婆拉着丈夫去找醫生來檢驗，但是醫生查不出問題出在哪裏。

最後，醫生問他們道：「讓我來問問你們房事的次數，一星期兩次？」

「哪的話，」夫婦回答：「你開甚麼玩笑。」

「兩個星期三次吧？」醫生問。

「那絕對不可能。」兩人回答。

「三個月來一次。」

「也不太行。」

「六個月兩次？」

「不，不。」

「一年三次吧。」醫生再追問。

夫婦才點頭。

「有了，我知道原因了。」醫生興奮地大叫：

「你們那玩意兒一定是像水管生了銹，把兒子的頭髮染紅。」

避孕的故事

印度窮，都因為人口膨脹。

甘地夫人拼命推行節育。在孟買等大都市，我們都可以看到巨大的廣告牌，畫着一家四口的幸福家庭，旁邊還有一個手提收音機，用大字寫着那個男人願意紮輸精管，就能得到這架香港做的收音機當獎品。

甘地夫人被錫克教徒打死之後，印度也學了中國人的優良傳統，把皇位傳給了兒子。

拉吉推廣他母親的遺志，派大批的醫務人員到各地鄉下去大送避孕丸，結果大家領了回去後，兒子們喊肚子餓大哭時就餵幾粒讓他們充饑。

笑話當然是說不盡的，其中一個最普通的是醫生送避孕套給農夫，農夫不知道怎麼用，護士示範，把避孕袋套在大拇指上，農夫唯唯諾諾。

過後，一年又一年，一個生完又一個，兒子不停地製造，醫生惱了，抓農夫來詢問，農夫說我照足你的話去做啦，你看，我不是在行周公之禮前，把避孕袋套在大拇指上嗎？

這個笑話可能大家都聽過，但是有下文的，農夫給醫生罵了一頓後，就將套子戴在正確位置，但又是一個生完又一個。

這次醫生可也奇怪了，問明原因，他說：「戴了一天一夜，怎麼忍得住，不剪破一個洞尿怎麼流出來？」

法醫與律師的故事

法庭上，律師向法醫官大聲呼喝。

「在簽署死亡證書之前，你有沒有量一量死者的脈搏？」

「沒有。」法醫官冷靜地回答。

「在簽署死亡證書之前，你有沒有聽一聽死者的心臟還跳不跳動？」

「沒有。」法醫官冷靜地回答。

「在簽署死亡證書之前，你有沒有檢查一下死者還在不在呼吸？」

「沒有。」法醫官再度冷靜地回答。

「這等於是說，」律師用輕蔑的態度看着法醫官：「你連這基本的調查都沒有做，就輕易地簽署死亡證書？法官大人，我要求重審此案！」

「你有甚麼話說？」法官問法醫官。

法醫官懶洋洋地：「我在簽署死亡證書的時候，已經把死者的腦袋浸在我面前的玻璃缸裏。要是他還活着的話，是個律師也說不定。」

八、趣事篇

發達的故事

一個人失業了很久，老婆整天看電視，三個還在讀書的兒子和黑社會混在一起。最後，他只有去申請一份看更的工作。

人事部經理召見了他，向他說：「好吧，我們公司請你，你填上你的電郵地址。」

愕然，他只有承認他沒有電腦，也不會用。

「你連電腦也不會用，怎麼夠資格在我們這種高科技的機構上班？」人事部經理說。

這個人失望之餘，走過油麻地果欄，看到一箱二十五磅重的番茄只賣十塊錢，而他袋子裏也剛好有十塊錢，就把整箱番茄買了下來，搬到一個街口擺着賣，他不貪心，一下子就把番茄賣光，賺了十塊錢。

拿了這十塊錢，他又去買另外一箱，重複幾次之後，他賺了一百塊。

之後，他每天一早起身，做到深夜，錢越賺越多。

到了第二個星期，他已經有能力買一輛小手推車，載更多的貨。

一個月很快過去，他儲夠錢買一輛破車。

一年很快過去，他買了三輛破車，他的兩個兒子也不跟黑社會混了，幫他賣番茄，他的老婆不看電視，幫他做買手，他的第三個兒子去讀會計，幫他計數。

到了第二年年底，他已經可以買十二輛新車載貨，又請了十五個失業者去幫他賣番茄。

時間很快過去，他繼續勤力工作，到了第五年，他已經賺到了一百萬。

為了保障將來，他去買保險，保險公司的人叫他填一份表，看完之後說：「甚麼？你的公司沒有電郵地址？要是一早有電腦，你就不必捱得那麼辛苦！」

那人說：「我一早學會電腦，就還在當看更了。」

圓圈的故事

兩個年輕人因為吸毒，被告上法庭。

法官說：「看你們沒有前科，放你們一條生路，與其判你們入獄，不如替市民做些好事，你們利用這星期的時間到街上去，警告人家別吸毒，下星期回來見我。」

一個星期很快過去，第一個年輕人見到法官時報告：「我已經勸過了十七個吸毒者戒掉了。」

「十七個？」法官問：「你用的是甚麼方法？」

第一個年輕人說：「我拿了一張紙，畫了兩個圓圈，一個大一個小，我向他們說：那個大圓圈是你們吸毒之前的頭腦，小的圓圈是你們吸了毒之後的頭腦。」

「做的不錯，你呢？」法官問第二個。

第二個說：「我勸了一百五十六個。」

「一個五十六個？用甚麼？」法官問。

第二個年輕人說：「我用的也是同一個方法。我向吸毒者說，那個小圓圈是你進監牢之前的屁眼……」

洞的故事

一個女人死了，在珍珠大門外，有一條長龍，她排着隊，等待進入天堂。

忽然，她聽到一陣陣電鑽聲和慘叫聲，令人毛骨悚然。

「那是怎麼一回事？」她找到了守門人聖彼得，追着他問。

聖彼得若無其事解釋：「哦，那！那是排在你前面的女人在叫，我們正在她的背上鑽洞，準備替他裝上翅膀。」

這個女人聽得恐怖到極點，到底應該怎麼辦才好呢？

正在這麼想的時候，她又聽到電鑽聲和慘叫聲。這次的血還噴滿天呢。

「你們又向她做甚麼？」女人尖叫。

「哦。」聖彼得理所當然地說：「我們在替她安裝頭上的那個光環，必須先打洞。」

女人再也受不了了，大聲嚷着：「我不要進天堂了，你送我去地獄好了！」

「你真的要下地獄？」聖彼得問：「那是一個很壞的地方。你會被強姦和雞姦！」

女人說：「那不要緊，至少我自己有洞。」

黑人笑話

前幾天晚上和大夥在「鹿鳴春」晚宴時，一位小女孩講了一個陰功笑話：
上帝跑到人間，看到一個白人小孩。
「你真可愛。」上帝說：「賜給你翅膀。」
轟的一聲，白人小孩變成天使，飛掉了。
又看到一個東方人小孩。
「你真可愛。」上帝說：「賜給你翅膀。」
轟的一聲，東方小孩變成天使，飛掉了。
再看到一個黑人小孩。
「你真可愛。」上帝說：「賜給你翅膀。」
轟的一聲，黑人小孩變成一隻蝙蝠，飛掉了。
這個故事講給黑人聽，一定被他們打死。

好與不好的故事

有一個非洲人，把所有的事都歸在兩個答案之中：好，與不好。這個人是國王的好朋友。他們一直在一起，好像孿生兄弟。

有一天他們兩人去打獵，他把子彈裝進槍中，交給國王去射殺獅子。只是，槍突然走火，把國王的拇指給打掉了，國王痛得呱呱大叫。

這個人看到這種情形，還向國王說：「好！」

國王大怒：「你還說好？我的拇指沒有了，一點也不好！」結果，國王把這個人關進獄牢裏面。

一年之後，國王又去打獵。這一次他不小心，走進了食人族的地區，被土人抓住了。

土人把國王綁在一根樹幹上，生了火，就要把他拿去BBQ。這時候，土人發現國王沒有拇指。

「停止！」巫師說：「我們食人族要吃人，就要吃整個的，不能有一點殘缺，不然吃了就會大難臨頭。」

酋長聽了無奈，吩咐手下說：「把這個人放了！」

國王回到自己的部落，想起他的朋友說沒有了拇指是件好事，一點也沒錯，慚愧得很，馬上跑到監牢去。

「你的話說得很對，我後悔把你關起來。」國王向這個人說：「我做錯了一件事，這是很不好的。」

「好。」這個人說。

「我把你無辜地關了一年，你還說好？」國王大叫。

「我說好就是好嘛！」這個人說。

國王說：「你說好，怎麼一個好法，解釋來聽聽！」

「如果我不是被你關在牢裏，就會和你在一起。」這個人說：「那就不好了。」

性教育的故事

一個父親正在傳授兒子性教育。

「甚麼叫反應?」兒子問。

「每一個女人，都有不同反應。」父親解釋：「有很多情形之下，要看女人的職業，不同職業的女人，有不同的反應。」

「比方說呢?」兒子問。

「比方說如果你遇到一個妓女，她會說：你做完了沒有?」

「我明白了。」兒子說：「如果我遇到一個酒吧女郎呢?」

父親解釋：「如果你遇到一個酒吧女郎，她會說：你怎麼那麼快做完?」

「那麼要是那女人是我學校裏的老師呢?」兒子又問。

「如果這女人的職業是老師，她會說：我們再來一次，做到你做對為止。」

「如果這女人是個護士呢?」

「她會說：不要怕，一點也不痛。」

「如果這女人是銀行職員呢？」
「預早提出的話，沒收利息。」
「空姐呢？」
「你有沒有綁好安全帶？」
「菲律賓家政助理呢？」
「快一點，我還沒燙好衣服。」
「如果是抄牌官呢？」
「你越快我罰得你越重。」
「商界女強人呢？」
「你應該在下面才對。」
「老處女的秘書呢？」
「別讓蜘蛛網黐住。」
「女政客呢？」
「說甚麼也一定要通過。」
兒子問：「要是這女人甚麼職業都沒有，是個家庭主婦呢？」
「藍色。天花板要漆成藍色才好看。」

對話

對話一

避孕袋和衛生巾見了面。

「你工作的時候，我有七天沒有事做。」避孕袋說。

衛生巾懶洋洋地：「你不工作的時候，我有九個月沒事做。」

對話二

大象遇到了駱駝，問駱駝說：「喂，你怎麼在背上長了兩個大奶奶？」

駱駝懶洋洋地：「喂，你怎麼在臉上長了子孫根？」

對話三

一個日本女子遇到了一個黑人男人。

「我帶你到我家去。」日本女子說。

「好。」黑人說。

到了她的公寓，日本女子說：「我常看到黑人做愛的電影。這樣吧，你把我綁在床上，做你們黑人做的事。」

「好。」黑人說完，把她綁在床上，然後把她家的音響全部搬走。

對話四

太太和先生在吃早餐。

「我希望我是一張報紙，你早上把我翻來翻去。」太太說。

先生懶洋洋地：「我也希望報紙是一個女人，那麼我每天有不同的女人翻來翻去。」

對話五

一個老頭跑去教堂懺悔。

「神父，神父，我犯罪了。」老頭說。

「你犯了甚麼罪？」神父問。

「我和年齡二十四歲的少女幹那件事。」

「罰你向聖母說五聲對不起。」神父說。

「我不能做這種事，我是佛教徒。」

「那你跑來天主教堂幹甚麼？」神父問。

「我已經八十九歲了，我要告訴所有的人我能做那件事。」

食人族的故事

一個人類學家跑到非洲去，那邊的土著還在吃人。

人類學家遇到了酋長，問道：「今天你們吃些甚麼？」

「今天是星期天，吃異族的勇士。」酋長說，「勇士很難找，我們每個星期吃一條腿，一隻手，慢慢吃。」

人類學家拿出記事簿仔細做了筆記。

「那麼在平常你們吃些甚麼？」人類學家問。

「我們吃觀光客，這一類肉很多。」酋長說。

「那麼過年過節呢？」

「我們吃做官的人的心臟。」酋長說。

人類學家問：「為甚麼？」

「你要殺多少個做官的，才能找到一顆心？」酋長問。

年份

葷笑話老頭退休後，開了一間小酒吧。

有一天，一個醉客衝了進來，大聲地說：「給我一杯四十年的威士忌。」

老頭看他那個樣子哪裏像是一個懂得喝酒的人，就把架子上的一瓶十年的威士忌拿下來倒一杯給他。

醉客一口乾了，抗議道：「我說過我要四十年的，你為甚麼給我十年的？」

老頭心想這不過是給他無意猜中罷了，就由櫃中拿出一瓶二十年的威士忌倒一杯給他。

醉客一口乾了，抗議道：「我說過我要四十年的，你為甚麼給我二十年的？」

老頭無奈，只好到酒窖裏拿一瓶三十年的威士忌倒一杯給他。結果還是給他喝出來了。

「你給我甚麼，我都能猜得出它的年份，不相信我們賭一賭！」醉客驕傲地向老頭說。

老頭也生氣了，到後面去倒了另一杯給他。

醉客一口乾了，又即刻吐了出來，大罵：「他媽的，那是你的尿！」

「猜中了一半。」老頭懶洋洋地：「現在你再說說我活到現在有多少年？」

酒鬼的故事

好杯中物者，討厭別人長舌相勸，認為這是人生自由，何必多嘴？但是偏偏在許多場合中都會遇到一些自以為是衛道人士的女性，不管你喜歡不喜歡，總是滔滔不絕地陳述飲酒的害處。

葷笑話老頭説，對付這種人，最好的辦法，是講以下的兩個故事給她聽，其一是：

有一個酒鬼，每天都是抓着一個酒瓶，喝得醉醺醺地散步回家。

一天，當酒鬼走過酒店，停下來欣賞陳列品的時候，發覺一個胖女人瞪着眼，很侮辱地看着他。

「你這樣喝下去，一定不得好死！」胖女人説。

酒鬼有點生氣，向她道：「你是一個天下最醜的女人。」

胖女人回敬：「你是一個天下最大的酒鬼！」

酒鬼懶洋洋地：「是呀，不過不同的是，你無藥可救，我明天可會醉醒！」

其二是：有個人一生滴酒不沾，活到九十八歲。

這消息給禁酒協會的人聽到了，主席說：「十八號那天是老頭的生日，我們不如開個大派對為他慶祝一下，叫電視台的人拍下來，也好替我們這群討厭喝酒的人宣傳一下。」

大家都拍手稱好。

當晚，九十八歲老頭穿好晚禮服坐在貴賓席上，禁酒協會主席邀請他演講，老頭準備了一篇咒罵喝酒壞處的講詞，正要開口時，忽然，中了風，倒在地上。會員們大亂，七手八腳地把老頭抬回他家裏去休息。主席認為不能白白錯過這千載難逢的機會，把電視攝影隊也拉到老頭的家，叫躺在床上的老頭怎麼樣也講幾句。

老頭聲音微弱，本來就聽不大清楚，隔壁又傳來一陣用手杖敲壁的巨聲！電視台攝影隊更是錄不到音。

「是誰在隔壁吵個不停？」主席問。

老頭吃力地說：「是我的父親，每天這個時候喝醉了一定大吵大鬧！」

銀行

成龍的經理人陳自強來自馬來西亞，我出身於新加坡，兩人在香港混飯吃已經多年，人們稱之「新馬仔」。

陳自強陪老闆到南斯拉夫，偷空到維也納玩兩天，豈知飛機遇濃霧，被迫由札爾克列降落在首都貝爾格萊特，他隨遇而安，僱了一輛的士到處遊覽。

司機會說英語，兼而當嚮導，為人幽默。

經過一座宏偉的大廈，陳自強指着：「那是甚麼？」

「我們的國家銀行。」司機回答。

「其他地方的銀行多數開到三點，你們這裏呢？」

「我們這家銀行開二十四小時。」司機自豪地說。

「星期天也不休息？」陳自強驚奇地追問。

「聖誕節也照樣經營，從來不關門。」

「有這種事？」

「有。因為銀行裏從來沒有錢。」

送花的故事

張叔全家移民到加拿大北部，不久，他父親因為受不了當地寒冷的天氣，過世了。

一年很快地過去，今天是他爸爸的忌辰，張叔到墳場去拜祭。

當地只有一個公共墳場，他抵達的時候，看見他身邊有個加拿大人拿了一大束黃色的玫瑰花放在墳前獻他死去的老婆。

張叔和他打了個招呼，就將搬來的東西一件件地拿出來，先是將一副紙麻將燒了。

加拿大鬼佬看得神奇，問道：「你燒麻將幹甚麼？」

「我爸爸喜歡，燒一副送他玩玩。」張叔回答。

鬼佬笑道：「他真的能收到這副麻將？」

張叔點點頭，再燒了些溪錢。

鬼佬又說：「不用問：那一定燒給他當籌碼啦？」

「你說得不錯。」張叔說。

鬼佬忍不住，大笑起來：「那你怎麼不燒他三個人才能湊成一桌？」

「我已經想到了。」張叔說完再拿出三個紙人來燒。

「你們這些東方人真笨，」鬼佬說：「你那麼多東西，你以為你的死鬼老子會下來拿嗎？」

「你這些加拿大人也不夠聰明。」張叔懶洋洋地回答：「你送的那些花，你以為你的死鬼老婆會來聞嗎？」

走私專家的故事

我早上在九龍城飲茶的時候，遇到一個鼠眉獐目的香港人。問他的職業是幹甚麼，這個人竟然老實地回答：「我在幹走私。」

「走私？」我好奇：「走私甚麼？走私到哪裏？」

這個人娓娓道來：「我每一天都駕車到大陸，大陸的海關人員看到了我這副德性，就命令：『打開車後廂看看？』我照辦，他一看，車後廂裏有六大包東西，就問道：『這是甚麼？』

「『泥沙。』我回道。他當然不相信，打開包中，果然是泥沙。左搜右搜，最後還是搜不出甚麼東西，就放我走了。

「第二天，我又駕車進大陸，遇到同一個海關人員，他認得我，即刻問：『你這次又帶甚麼東西來了？』

「『泥沙！』我回答。他當然更不肯相信，拼命地亂搜，結果也搜不出甚麼東西來。他老大不願意，但沒有證據，也只好放我走。

「同樣事發生了六個月，有一天我在半路爆了車胎，停下來換的時候，一個農夫跑上來幫我的忙，不就是那個海關人員是誰？他告訴我已告老還鄉了，但是有一個問題不解答的話死不瞑目，他問我到底是不是幹走私的？

「我坦白地承認。

「他滿意地點點頭，低聲地問：『那麼你到底在走私甚麼？』

「我懶洋洋地說：『汽車！』」

蕭伯納的笑話

名編劇家、作者的蕭伯納，牙尖嘴利，笑話一籮籮，最出名的當然是那個美麗女演員的故事：

女演員遇到蕭伯納時，她說：「我們結婚吧！生一個女兒，面孔像我，頭腦像你，天衣無縫。」

蕭伯納回答：「最怕的是，生出來之後，面孔像我，頭腦像妳。」

新發掘的笑話是蕭伯納被人家請客，坐在他身邊的是一個甚麼話題都搭得上，喋喋不休的八婆，他要躲也躲不了。

吃到最後一道菜，這個女人還是講個不停，蕭伯納忍不住了：「妳知道嗎？我們兩個人加起來，天下的事沒有一件我們不懂的？」

「真的？」那女人反應：「這句話怎麼說？」

蕭伯納回答：「妳甚麼都懂，就是不懂得自己就是一個無聊的人，而我懂得。」

另外一個故事，是有個女記者到蕭伯納家裏去做訪問，她發覺蕭伯納家裏一盆花也沒有。

「你不是寫過你喜歡花的嗎？」女記者問：「怎麼不見花呢？」

蕭伯納懶洋洋地：「我也講過我喜歡小孩子，但是你不能把他們的頭斬下來做裝飾啊！」

奇蹟

巴黎郊外小鎮，發現了一個奇蹟的噴泉。

所有的病人聽到了之後都大感興奮，一窩蜂地麕集到這小鎮上去。

瞎了眼睛的皮爾走到噴泉前，默默祈禱：「耶穌基督，求求你，我生下來就看不到東西，如果您真的顯靈，那就送我一雙眼睛吧！」

皮爾說完跳進泉水之中，轟的一聲，奇蹟出現，他看到了天空、太陽，他跪下來感謝上蒼。

斷了手的尚保走到噴泉前，默默祈禱：「耶穌基督，求求您，我在車禍中變成獨臂，如果您真的顯靂，那就送我另一隻手吧！」

尚保說完跳進泉水中，轟的一聲，奇蹟出現，他以雙手抱着初生的嬰兒，他跪下來感謝上蒼。

坐在一張破破爛爛的輪椅上的米遏不相信奇蹟，但是看到了皮爾和尚保，也就急忙地把輪椅推到噴泉前，大聲地說：「他們兩個都不是基督教徒，而您救了他們，我信教幾十年，您也應該幫我做點事吧！」

皮爾說完連人帶輪椅跳入噴泉之中，轟的一聲，奇蹟果然又出現——皮爾的輪椅，立時換上兩個新的車胎。

男女銅像

轉送各位一則笑話，也是從葷笑話老頭那裏聽來的：

公園裏，有一座裸男的銅像，他肌肉健壯，下體只蓋上一片樹葉。和他相對的，是另一座裸女的銅像：她的乳房尖挺，下半身沒有一點遮掩。兩人朝夕思慕，奈何只能互望，動卻不能動。

一天，天使從天降下，看了他們一眼，同情地說：「你們兩人站在這裏已經五十年了，甚麼事也沒做過。唉，真可憐。我現在給你們十五分鐘，這段時間內你們會變成真的人，要做甚麼就快點去做吧！」

說完碰的一聲，發出一陣濃煙，奇蹟出現！兩個銅像變成活生生的人。

立刻，他們兩個手牽着手，跑到樹叢的後面。

天使聽到樹枝樹葉窸窸窣窣地磨擦，又傳來嘻笑的歡樂聲音。

十分鐘之後，他們從樹叢中走出來。

「時間沒到，你們還有五分鐘，這麼快出來幹甚麼？」天使說。

「好極了！」他們說完，又匆忙地跑回樹叢後面。天使好奇，跑上前去偷看，只聽到男的對女的說：「這次輪到你抓緊那隻鴿子，由我來在他頭上大便！」

推銷戒律

猶太人天性孤寒，關於他們的笑話也不少。

上帝在天上打掃祂的屋子，看見到處堆滿了石塊，刻着戒律。

「不行，我一定要拿去人間推銷推銷，要不然房子都給它們佔滿，連走路的地方也沒有了。」

上帝說完，把戒律拿了去給羅馬的帝王。

「要不要些戒律？」上帝問。

「我才沒有興趣。」羅馬帝王說：「我忙着把人釘在十字架上，哪有工夫要戒律？」

上帝把戒律拿了去給中國的皇帝。

「要不要些戒律？」上帝問。

「我才沒有興趣。」中國皇帝說：「我忙着享受酒池肉林，哪有工夫要戒律？」

上帝把戒律拿了去給埃及的法老。

「要不要些戒律？」上帝問。

「我才沒有興趣。」埃及法老說：「我忙着建築金字塔，哪有工夫要戒律？」

上帝把戒律拿了去給猶太人的摩西。

「要不要些戒律？」上帝問。

「多少錢一戒？」摩西說。

「不要錢的。」上帝答。

摩西聽了之後說……

「我要十戒。」

主義的真諦

兒子問功課。

「爸爸，甚麼叫做社會主義？」

父親回答：「如果你有兩隻母牛，你留着一隻自己用，把另外一隻分給你的鄰居，那就是社會主義了。」

「分給你的鄰居？」兒子似懂非懂：「我以為共產主義才把東西分給你的鄰居的。」

父親說：「不，共產主義並不是把東西共用，共產主義的定義是，如果你有兩隻母牛，政府把兩隻母牛都收去，剩下一點點牛奶施捨給你吃，那才是共產主義。」

「那麼，獨裁主義呢？」兒子問。

父親回答：「如果你有兩隻母牛，政府把兩隻母牛都抓去，剩下的牛奶賣給你，就是獨裁主義。」

「那麼，納粹主義呢？」兒子問。

父親回答：「如果你有兩隻母牛，政府把兩隻母牛都抓去，把你槍斃了，就是納粹主義。」

「那麼，官僚主義呢？」兒子問。

父親回答：「如果你有兩隻母牛，政府把一隻槍斃掉，另一隻擠乾牠的奶，再把牛奶倒掉，就是官僚主義。」

「那麼，資本主義呢？」兒子問。

父親回答：「如果你有兩隻母牛，把一隻母牛賣掉，買回一隻公牛，讓牠們性交生小牛，這就是資本主義了。」

殯儀館

某大殯儀館的生意越來越好，把其他同行客戶都拉了過去，這卻因為該殯儀館最近請了一個口才極佳又有急智的經理小陳的關係。

小陳甚麼事都能搞妥。好像前一天，他帶了寡婦林太太去巡察葬禮之前的準備，當他們走到林先生前面的時候，林太太忽然尖叫起來：「啊！天啊！你們怎麼可以這樣！你們怎麼連這一點事都做不好？」

小陳急忙地問：「到底是甚麼事？」

林太太指着棺材中林先生的屍體：「你們看！他一生最喜歡穿的是那件黑色的晚禮服，現在在哪裏？」

小陳一看，林先生身上是件淺藍色的西裝，他即刻用眼角一瞄，嚇得一跳，原來發現林先生的黑禮服穿錯在下一個出殯的人的身上。

「真不好意思，林太太，我們馬上替林先生換，請妳到辦公室休息一下。」

小陳說完叫助手把林太太帶走。

不到三分鐘，小陳請林太太來看，果然林先生身上已經穿好了那件黑色的晚禮服，林太太滿意點點頭。

林太太走後，助手問小陳：「你真是厲害，你到底是怎麼能夠這麼快就替他換上那件衣服？」

小陳懶洋洋地說：「我換的不是衣服，是頭！」

老闆的故事

「如果你做的工作不愉快，要博炒魷魚的話，那有種種辦法，」一輩笑話老頭說：「其中一種，就是當你的老闆講笑話的時候，大家都笑，只有你一個人不笑，不然就講以下這個故事給你的老闆聽。」

當上帝把男人造好之後，男人身體上的每一個部份都想當老闆。頭腦說：「我控制思維，我就控制一切，我應該是老闆才對。」

雙腳說：「但是你要去哪裏也得靠我呀，沒有我，你們只能躺在那裏，我應該是老闆才對。」

眼睛說：「要去哪裏也得看得到才行，不然走到一半就會闖禍，我應該是老闆才對。」

接着，心臟、耳朵、肺部，大家都爭先恐後地要做老闆。

最後，屁股兒說真正的老闆應該是他。

其他部份都大笑，屁股兒怎麼當得了老闆？

屁股兒被恥笑後生氣了，把自己閉塞起來，罷工。

頭腦發昏，眼睛紅腫、雙腳沒力，大家都快發瘋了。

「求求你，別再罷工，你要做老闆就做老闆好了。」大家說。

這個故事告訴你，你要做老闆是不必用腦的，只是一個小屁股，就可以做老闆。

賭馬的故事

兩個老人在快活谷碰上了。

一個是賭場老手，另一個初入馬場。

大家都捧着一本馬經閱讀，那個初入馬場的人問：「我要買哪一隻馬才好？」

「我有一個必贏絕招！」老手說：「你有多少個兒女？」

「三個。」新丁回答。

「那麼就賭三號好了。」

新丁不相信，老手為了證明他的絕招，就買了三號。

三號跑了出來，老手收錢去。

第二場就快開始，新丁問：「這一場我應該買幾號？」

「你有孫子孫女嗎？」老手問。

「我有五個。」

「那麼買五號好了！」

新丁還是不相信，老手再次證明他的絕招，就買了五號。五號跑了出來，老手收錢去。

「這次我一定相信你了。」新丁說：「第三場應該是幾號？」

「過去那一年，你和你的太太做過了幾多次？」老手問。

「讓我想想。」新手數了一數：「和老婆去了星馬泰，做過一次。我生日那天一次，她生日那天一次，結婚週年一次。中秋一次，過年一次。昨晚喝了酒一次，總共七次！」

「那就去買七號好了。」老手說完站着不動。

第一號跑了出來。

「他媽的！」新丁垂頭喪氣地說：「我不應該連自己也騙了。」